Jean Rhys:
Nach der Trennung von Mr. Mackenzie
Roman

Deutsch von Anna Leube

Deutscher
Taschenbuch
Verlag

dtv

Von Jean Rhys
sind im Deutschen Taschenbuch Verlag erschienen:
Sargassomeer (11716)
Guten Morgen, Mitternacht (11808)

Ungekürzte Ausgabe
August 1994
Deutscher Taschenbuch Verlag GmbH & Co. KG,
München

Titel der englischen Originalausgabe:
›After Leaving Mr. Mackenzie‹
(Erstveröffentlichung 1930)

Umschlagtypographie: Celestino Piatti
Umschlagbild: Rotraut Susanne Berner
Gesamtherstellung: C.H. Beck'sche Buchdruckerei,
Nördlingen
Printed in Germany · ISBN 3-423-11921-7

Erster Teil

Erstes Kapitel
Das Hotel am Quai

Nachdem sie sich von Mr. Mackenzie getrennt hatte, zog Julia Martin in ein billiges Hotel am Quai des Grands Augustins. Es sah ziemlich heruntergekommen aus, und im Treppenhaus roch es nach den Katzen der Besitzerin, doch die Zimmer waren sauberer, als man erwartet hätte. Es gab drei Katzen – weiße Angoras –, und sie schienen gewöhnlich in der Rezeption zu schlafen.

Die Hotelbesitzerin war eine dünne hellhaarige Frau mit geröteten Lidern. Sie sprach leise, flüsternd, und sie war so zurückhaltend, daß man dachte: ›Sie kann unmöglich Französin sein.‹ Nicht, daß man sich in Vermutungen darüber ergangen hätte, was sie nun eigentlich war, denn das war sowieso völlig egal.

Wenn man sich nach einem Zimmer erkundigte, war sie nicht gesprächig. Sie nannte die Preise und überreichte eine Visitenkarte:

HOTEL ST. RAPHAEL
QUAI DES GRANDS AUGUSTINS
PARIS, 6ME
CHAUFFAGE CENTRAL. EAU COURANTE
CHAMBRES AU MOIS ET À LA JOURNÉE

Julia bezahlte sechzehn Francs pro Nacht. Ihr Zimmer im zweiten Stock war groß und hoch, doch es wirkte düster und einäugig, weil sich das einzige Fenster fast in der Ecke des Raums befand.

Das Zimmer hatte etwas Besonderes. Seine Düsterkeit streifte ans Phantastische, ein Eindruck, der durch das Muster der Tapete verstärkt wurde. Einem großen Vogel gegenüber, der mit offenem Schnabel auf einem Zweig saß, befand sich ein seltsames Geschöpf ohne Flügel, halb

Vogel, halb Eidechse, mit gleichfalls offenem Schnabel, den Hals zum Angriff gereckt. Aus dem Zweig, auf dem sie hockten, sprossen ein Pilz und seltsam geformte Blätter und Früchte.

Das Ganze wirkte merkwürdigerweise nicht unheimlich, sondern eher heiter und anregend. Außerdem hatte Julia genug von gestreiften Tapeten. Sie hatte festgestellt, daß sie davon noch mehr Kopfschmerzen bekam, wenn sie aufwachte, nachdem sie getrunken hatte.

Das Bett war groß und bequem; eine verblichene rosa Decke aus imitiertem Satin lag darauf. Es gab einen Kleiderschrank ohne Spiegel, ein rotes Plüschsofa und an der anderen Wand einen fleckigen Spiegel mit vergoldetem Rahmen, in dem sich das Bett spiegelte.

Die Ablage unter dem Spiegel war übersät mit Julias Toilettenartikeln – ein unordentliches Arrangement von Rougeschachteln, Puderdosen und Augen-Make-up. Ganz am Rand stand ein ungerahmtes Ölgemälde, auf dem eine halbleere Flasche Rotwein, ein Messer und ein Stück Gruyère dargestellt waren, signiert »J. Grykho, 1923«. Wahrscheinlich hatte es jemand dagelassen, um Schulden damit zu bezahlen.

Jeder Gegenstand auf dem Bild war leicht verzerrt und voll unerfindlicher Bedeutung. Wenn Julia im Bett lag – und von dort aus konnte sie es nicht vermeiden, hinzusehen –, fragte sie sich manchmal: ›Ob das Bild wohl irgendwas taugt? Möglich; möglich, daß es eine ganze Menge taugt, soweit ich das beurteilen kann ... Ich wette, es ist sogar hervorragend.‹

Doch im Grunde konnte sie das Bild nicht ausstehen. Es war, ebenso wie die Farbe des Plüschsofas, irgendwie deprimierend. In ihrer Vorstellung gehörten Bild und Sofa zusammen. Das Bild war in seiner Abartigkeit beunruhigender, das Sofa bedrückender. Das Bild stand für die Idee, den Geist, und das Sofa für die Sache selbst.

2

Julia hatte dieses Hotel sechs Monate zuvor entdeckt, am fünften Oktober. Sie hatte der Besitzerin gesagt, sie wolle das Zimmer für eine Woche oder vielleicht für zwei. Und sie hatte sich gesagt, das hier sei ein guter Platz, um sich zu verstecken. Sie hatte sich auch gesagt, daß sie hierbleiben würde, bis das schmerzhafte und beklemmende Gefühl vorbei sein würde, das Mr. Mackenzies Hinterlassenschaft war.

Anfangs war die Besitzerin mißtrauisch und eher feindselig eingestellt gewesen, denn sie mißbilligte Julias Angewohnheit, nachts in Begleitung einer Flasche heimzukommen. Ein Mann, ja; eine Flasche, nein. Das war die Einstellung der Besitzerin.

Doch Julia verhielt sich ruhig und war ganz friedlich. Und sie sah auch gar nicht übel aus.

Die Besitzerin dachte bei sich, so ein Leben sei ziemlich ungewöhnlich, nicht zu glauben. ›Immer allein in ihrem Zimmer. Ein Hundeleben ist das schon.‹ Später kam sie zu der Überzeugung, daß Julia verrückt war, leicht übergeschnappt. Schließlich hatte sie sich an ihre Mieterin gewöhnt, hörte auf, Mutmaßungen anzustellen, und vergaß sie allmählich vollkommen.

Julia war alles in allem nicht unglücklich. Wenn sie sich in ihr Zimmer eingeschlossen hatte – besonders dann, wenn sie sich in ihr Zimmer eingeschlossen hatte –, fühlte sie sich in Sicherheit. Meistens las sie.

Doch an manchen Tagen verwirrten und erschreckten ihre Gedanken ihr eintöniges Leben. Dann konnte sie nicht stillsitzen. Sie mußte im Zimmer auf und ab gehen, erfüllt von einem Haß auf die Welt und auf jeden Menschen darin – besonders auf Mr. Mackenzie. Oft sprach sie mit sich selbst, während sie auf und ab ging.

Danach fühlte sie sich immer entsetzlich müde und lag lange Zeit regungslos auf dem Bett. Das Getöse des Lebens draußen war wie das Rauschen des Meeres, das allmählich anschwoll.

Sie gab sich gern Erinnerungen hin, wie eine alte Frau. In ihren Gedanken vermischten sich Erinnerung und Phantasie. Immer dachte sie an Orte, nie an Menschen. Sie lag da und dachte an die dunklen Schatten von Häusern in einer Straße, die im Licht der Sonne weiß wirkte; oder an Bäume mit schlanken schwarzen Zweigen und jungen grünen Blättern, die aussahen wie die Bäume auf einem Londoner Platz im Frühling; oder an ein dunkles, purpurrotes Meer – wie das Meer auf einem Öldruck oder in irgendeinem tropischen Land, das sie nie gesehen hatte.

In der letzten Zeit war etwas mit ihr geschehen; sie war müde. Sie dachte kaum je an Männer oder an Liebe.

3

An Dienstagen brachte Liliane, das Zimmermädchen, morgens um halb zehn den Brief von Mr. Mackenzies Anwalt auf dem Tablett mit Kaffee und einem Croissant zu ihr hoch.

Sie war ein großes blondes Mädchen, mürrisch und ziemlich gehässig, weil sie ohne Pause von sechs Uhr früh bis nachts um elf oder zwölf arbeitete und weil sie wußte, daß sie wahrscheinlich bis an ihr Lebensende so würde arbeiten müssen, da sie nicht hübsch war. Ihre Augen wirkten klein und stechend in dem breiten Gesicht, und winzige Pünktchen der Neugier waren darin, wie die Pünktchen in den Pupillen von Katzenaugen.

Sie wünschte Julia guten Morgen und ging dann türenschlagend hinaus, und auf dem Tablett lag stets der Brief, mit Maschine geschrieben, auf englisch:

Madame,

beiliegend finden Sie unseren Scheck über 300 frs. (dreihundert Francs). Wir bitten, den Erhalt zu bestätigen.

Hochachtungsvoll
Henri Legros

4

Wenn Liliane gegangen war, öffnete Julia widerstrebend die Augen und richtete sich auf. Und an diesem Morgen lag der Brief nicht da. Manchmal kam er erst mit der Nachmittagspost.

Sie trank ihren Kaffee. Die Vorhänge waren noch zugezogen. Sie machte das elektrische Licht an und begann zu lesen.

Beim Lesen hatte ihr rundes, blasses Gesicht mit den tiefen bläulichen Ringen unter den Augen immer einen angespannten, besorgten Ausdruck. Ihre Brauen waren dünn und fein gezeichnet; ihr sehr dickes dunkles Haar wurde von einem übertrieben roten Schimmer aufgehellt und stand ziemlich wild von ihrem Kopf ab. Ihre Hände waren schlank, mit schmalen Handflächen und sehr langen Fingern, wie die einer Orientalin.

Bei dem Auf und Ab in ihrem Leben hatten sich die meisten Merkmale verwischt, so daß es nicht leicht war, ihr Alter, ihre Nationalität oder den sozialen Hintergrund auszumachen, dem sie eigentlich entstammte.

Um zwölf klopfte das Hausmädchen an die Tür und fragte mürrisch, wann sie das Zimmer richten könne.

»Schon gut, schon gut«, rief Julia. »In einer halben Stunde.«

Die Zentralheizung war nicht in Ordnung, und ihr war kalt. Sie zog sich an und trat dann ans Fenster, um sich zu schminken und sich die Augen mit Khôlstift zu umranden; sie waren schön – länglich und dunkel, ihr Ausdruck unbefangen, beinahe kindlich.

Ihre Augen verrieten sie. An den Augen und den tiefen Ringen darunter sah man, daß sie eine Träumerin war, daß sie verletzlich war – zu verletzlich, um jemals in einem Leben zu reussieren, das vom Zufall abhängig war.

Sie schminkte sich kunstvoll und sorgfältig; doch es war klar, daß, was sie da tat, schon längst keine liebevoll ausgeführte Arbeit mehr war, sondern teils ein mechanischer Vorgang, teils ein Ersatz für die Maske, die sie gern getragen hätte.

Sich nicht mehr zu schminken wäre für sie ein Eingeständnis des Alters und der Resignation gewesen. Es hätte bedeutet, daß Mr. Mackenzie sie zugrunde gerichtet hatte. Es wäre der erste Schritt auf jenem Weg gewesen, der am Ende dahin führte, daß man aussah wie diese Frau in der Etage über ihr – eine stets schwarzgekleidete Frau mit weißem Gesicht und schwarzen Nagelrändern und gefärbtem Haar, das sie nicht mehr färbte und das zwei Finger breit in einem scheußlichen Grauweiß nachgewachsen war.

Diese Frau gab sich bescheiden und überaus höflich. Natürlich, denn sie hatte gemerkt, daß sie – ohne Geld und Anstand – gut daran tat, bescheiden zu sein, solange sie noch wußte, was ratsam für sie war. Doch ihre Augen waren bösartig – die entsetzlich bösartigen Augen einer alten, verlassenen Frau. Sie war ein Schatten, am Leben gehalten von einer Flamme des Hasses gegen jemanden, der sie schon vor langer Zeit vollkommen vergessen hatte.

Julia sah aus dem Fenster, hinüber zu den Bücherständen am Quai. Und hinter den Bücherständen war die Seine, braungrün und trübe. Wenn ein Lastkahn vorbeifuhr, schäumte und spritzte das Wasser eine Zeitlang. Dann, fast mit einem Mal, floß es wieder ruhig und träge.

Wenn sie auf den Fluß sah, schauderte sie. Sie war überzeugt, daß das Wasser ihr Zimmer viel kälter machte. Nur nachts liebte sie den Fluß. Dann schien er auf geheimnisvolle Weise breiter zu werden und rascher zu strömen. Wenn man betrunken war, konnte man sich vorstellen, es sei das Meer.

5

Um eins klopfte das Hausmädchen erneut.

»Ja, ja, ja«, sagte Julia gereizt.

Ihr Mantel war schon sehr alt. Sie war in den letzten paar Monaten dicker geworden, und nun war er ihr zu eng und zu kurz. Sie bildete sich ein, daß sie darin lächerlich aussähe, vor allem von hinten. So kam es, daß ihre seltenen Anwandlungen, etwas zu unternehmen, verschwanden, sobald sie an ihren Mantel dachte.

»Ich gehe jetzt aus«, rief sie.

Es nieselte. Julia ging rasch an den Bücherständen vorbei und bog bei dem großen Café an der Place St. Michel um die Ecke. Am Kiosk gegenüber blieb sie stehen und kaufte sich eine Zeitung.

Sie aß immer in einem deutschen Restaurant in der Rue Huchette zu Mittag. Wenn sie hereinkam, wurde sie vom Besitzer begrüßt; auf seinem strategisch günstigen Platz auf der Treppe, die zur Küche hinunterführte, konnte er die Kellner beobachten, das Servieren und die Beine der weiblichen Gäste.

Julia setzte sich an ihren Stammplatz, schlug die Zeitung auf und las, während sie aß.

Zweites Kapitel
Mr. Mackenzie

Wenn Julia mit dem Essen fertig war, ging sie spazieren. Das tat sie jeden Tag, unabhängig vom Wetter. Sie war so sehr darauf bedacht, niemandem zu begegnen, den sie kannte, daß sie sich immer soviel wie möglich in den Seitenstraßen aufhielt.

Wenn sie an den Terrassen der Cafés vorüberging, nahm ihr Gesicht einen harten, abweisenden Ausdruck an, doch vor den Schaufenstern blieb sie immer wieder stehen. Bücher, Bücher und noch einmal Bücher. Und dann gab es Fenster, in denen Abdrücke verkrüppelter Füße ausgestellt waren, ausgestopfte Hunde und Füchse oder Photographien vom Mond.

An diesem Nachmittag stand sie lange in der Rue de Seine und betrachtete ein Bild, das eine männliche Gestalt darstellte, die von etwas eingekreist wurde, was wie ein riesiger malvenfarbener Korkenzieher aussah. Auf dem unteren Rand des Bildes stand: *La vie est un spiral, flottant dans l'espace, que les hommes grimpent et redescendent très, très, très sérieusement.*

Sie ging weiter, dem Seine-Ufer zu. Sie fühlte sich gelassen und friedlich. Ihre Glieder bewegten sich geschmeidig; die feuchte, weiche Luft fühlte sich angenehm auf ihrem Gesicht an. Sie hatte den Eindruck, in sich selbst zu ruhen, losgelöst, unabhängig vom Rest der Menschheit.

Es war halb fünf, als sie in ihr Hotel zurückkam und den Brief des Maître Legros im Fach fand.

Als sie oben im Zimmer war, legte sie den Brief auf den Tisch. Es widerstrebte ihr, ihn zu öffnen. Sie wollte, daß das Gefühl des Wohlbefindens noch anhielte.

Sie legte sich aufs Bett, zündete sich eine Zigarette an

und beobachtete die Lichter, die über den Fluß vom Palais de Justice herüberschienen und wie kalte, anklagende, mißgünstig blickende Augen aussahen.

Das Grammophon im Zimmer nebenan begann zu spielen. Der junge Mann, der dort wohnte, bekam manchmal Besuch von einem Mädchen, und dann spielten sie dieselbe Platte wieder und wieder. Einmal, als Julia an dem Zimmer vorbeigegangen war, hatte die Tür offen gestanden. Sie hatte sie beide gesehen, das Mädchen saß neben dem jungen Mann und streichelte seinen Schenkel vom Knie aufwärts, sanft und gleichmäßig, während er über ihre Schulter ins Leere starrte, mit einem zugleich sinnlichen und gelangweilten Ausdruck.

Julia stand auf und knipste das Licht an. Sie las ihren Brief:

Madame,

beiliegend finden Sie unseren Scheck über 1500 frs. (eintausendfünfhundert Francs). Unser Klient beauftragt uns, diese letzte Zahlung anzuweisen und Ihnen mitzuteilen, daß mit dem heutigen Datum die wöchentliche Zuwendung eingestellt wird.

Wir bitten, den Erhalt zu bestätigen.

Hochachtungsvoll
Henri Legros

2

Julia faltete den Scheck auseinander. Die Worte »eintausendfünfhundert Francs« waren in einer klaren, geschwungenen Handschrift geschrieben.

Sie hatte immer damit gerechnet, daß sie eines Tages so etwas tun würden. Doch nun, da es geschehen war, war sie verstört; es ging ihr wie einem Gefangenen, der sich damit abgefunden hat, eine unbestimmte Zeit in Einzelhaft in einer nicht unbequemen Zelle zu verbringen, und dem man eines Morgens sagt: »So, heute werden Sie entlassen. Hier haben Sie etwas Geld. Und nun raus!«

Dann begann sie, im Zimmer auf und ab zu gehen, die Handflächen fest aneinandergepreßt. Aufgeregt und konfus machte sie Zukunftspläne, denn in diesem Augenblick hatte sie jedes Gefühl für den genauen Wert des Geldes verloren.

Während sie ihren Hut aufsetzte, betrachtete sie sich im Spiegel. Sie sagte sich: ›Ich muß ein paar neue Kleider kaufen. Das ist das erste.‹ Und sie wünschte sich jemanden herbei, zu dem sie hätte sagen können: ›Ich sehe doch gar nicht so übel aus, oder? Ich habe immer noch etwas, womit ich es mit der Welt aufnehmen kann, oder nicht?‹

Das Zimmer sah bereits anders aus. Es wirkte seltsam – so wie ein Ort seltsam und belanglos wird, wenn man ihn verläßt.

Jetzt begann wieder das Grammophon nebenan zu spielen ... Menschen lachten, redeten, drängelten. Menschenmassen schoben sich gegenseitig auf einer Straße vorwärts, auf dem Weg zu einem Jahrmarkt. Sie drängelten und lachten. Und man hörte das Trampeln der Füße und den Jahrmarktslärm näher kommen und die Leute rufen. Schließlich erstarb der Lärm der Menge, und man hörte nur noch die Jahrmarktsmusik, ordinär und doch seltsam und schön.

Als Julia auf die Straße hinaustrat, erwachte in ihr so etwas wie Vorsicht. Sie dachte: ›Ich muß mich irgendwo hinsetzen und genau überlegen, was ich jetzt am besten anfange.‹

Sie ging in das Café an der Straßenecke; es war fast leer. Sie setzte sich und bestellte etwas zu trinken. Während sie wartete, betrachtete sie sich in einem Spiegel gegenüber und dachte dabei immer noch an die neuen Kleider, die sie kaufen würde.

An neue Kleider dachte sie mit Leidenschaft, mit Wollust. Sie stellte sich vor, wie sich ein neues Kleid auf ihrem Körper anfühlen, wie es riechen würde und wie ihre Hände aus langen schwarzen Ärmeln auftauchten.

Der Kellner brachte den Pernod, den sie bestellt hatte, und sie trank die Hälfte des Glases, ohne eine Spur Wasser dazuzugießen. Wärme stieg ihr ins Gesicht, und ihr Herz begann schneller zu schlagen.

Sie leerte das Glas. Ihr war, als hätte das Getränk einen bitteren Geschmack im Mund hinterlassen. Eine Hitze, wie die Hitze der Wut, breitete sich in ihrem ganzen Körper aus. Vor ihr auf dem Tisch stand eine Löschwaage, daneben Tinte und Feder. Sie machte die Löschwaage auf und begann kleine Fahnen auf das Papier zu zeichnen. Während sie zeichnete, sah sie das Gesicht von Mr. Mackenzie vor sich, das mit einem kalten, spöttischen Lächeln zwischen ihren Augen und der Löschwaage schwebte.

Plötzlich überkam sie ein Gefühl so trostloser, hoffnungsloser Demütigung, daß die am liebsten ihre Arme auf den Tisch und den Kopf auf die Arme gelegt und laut geschluchzt hätte, ohne Rücksicht auf die Leute, die vielleicht zu ihr hinsehen würden, oder darauf, was irgend jemand denken könnte.

Sie begann einen Brief zu schreiben:

Ich bekam den Scheck heute nachmittag. Warum hast Du mir nicht genügend gegeben, damit ich weggehen konnte, gleich damals, als ich Dich darum bat? Jetzt fühle ich mich so elend, daß ich zu nichts zu gebrauchen bin. Und überhaupt, was glaubst Du, kann ich mit fünfzehnhundert Francs anfangen?

An dieser Stelle hielt sie inne, und ihr wurde klar, daß sie nicht einmal wußte, ob Mr. Mackenzie noch in Paris war oder nicht. Als sie ihn zum letztenmal gesehen hatte, war er im Begriff gewesen, zu verreisen – auf unbestimmte Zeit, hatte er gesagt ... Im übrigen war sie alt genug, um zu wissen, daß diese Art von Brief ohnehin nie etwas nutzte.

Es war sieben Uhr, und das Café begann sich zu füllen. Julia trat auf die Straße hinaus und wandte sich in Richtung Boulevard Montparnasse.

3

Der Boulevard St. Michel war voller Leute. Julia ging blindlings die Straße entlang und rempelte hin und wieder gegen jemand, der aus der anderen Richtung kam. Wenn die Leute sie böse ansahen und murrten, schien es, als gestikulierten Schatten.

Die Lichter der Cafés waren hart und kalt, wie Eis.

Nachdem sie ungefähr zwanzig Minuten gegangen war, bog sie in eine Seitenstraße ab, eine schmale, ziemlich verlassene Straße mit hohen, stillen Häusern. Vor der Nummer 72 zögerte sie; dann ging sie auf die andere Straßenseite, anstatt bei der Concierge zu läuten, und sah hinauf zu einem Fenster, von dem sie wußte, daß es zu Mr. Mackenzies Schlafzimmer gehörte. Dort brannte Licht. Als sie es sah, preßte sie mit einem ziemlich grimmigen Ausdruck die Lippen zusammen.

Sie ging ein paar Schritte die Straße auf und ab, lief dann zu einem Hauseingang gegenüber von Mr. Mackenzies Wohnung zurück und blieb dort stehen. Ein Teil von ihr blieb immer noch ruhig, sagte ihr, daß sie wirklich etwas sehr Törichtes tat und daß das Ganze bestimmt schlecht für sie ausgehen würde. Trotzdem hatte sie das Gefühl, daß sie Mr. Mackenzie sehen mußte. Sechs Monate der Resignation waren wie ausgelöscht. Sie wußte, daß sie so lange warten würde, bis der Bewohner des Appartements, wer immer es war, das Haus verließ.

Sie hatte vielleicht eine halbe Stunde dort gestanden, als das Licht ausging. Kurze Zeit danach öffnete sich die Tür vom Haus gegenüber, und Mr. Mackenzie trat auf die Straße. Er ging in Richtung Boulevard Montparnasse.

Bei seinem Anblick begann Julias Herz wild zu schlagen, und ihre Beine zitterten. Sie war in fast unerträglichem Maße aufgeregt, denn zu ihren anderen Empfindungen kam noch hinzu, daß sie sowohl vor ihm als auch vor seinem Anwalt große Angst hatte. Wenn sie an die Verbindung von Mr. Mackenzie und Maître Legros dachte, verließ sie jeder Sinn für Realität, und ihr schien, als gäbe es keinerlei Grenzen für deren vereinte Möglichkeiten, sie zu Fall zu bringen und zu verletzen. Zu zweit verkörperten die beiden vollkommen die organisierte Gesellschaft, in der sie keinen Platz hatte und der gegenüber sie nicht die geringste Chance besaß.

Sie dachte störrisch: ›Es ist mir egal. Ich werde die Sache endgültig mit ihm bereinigen. Es ist mir völlig egal.‹

Als Mr. Mackenzie ungefähr zwanzig Meter weit gegangen war, überquerte sie die Straße und folgte ihm.

Er bog in den Boulevard Montparnasse ein, und Julia sah ihn ins Restaurant Albert hineingehen.

4

Mr. Mackenzie war ein mittelgroßer, durchschnittlich aussehender Mann. Er gehörte zu dem Typ, den Restaurantbesitzer und Kellner respektierten. Seine Nase war groß genug, um ihn bedeutend aussehen zu lassen, sein Bauch war rund genug, daß er wohlwollend wirkte. Seine Trinkgelder entsprachen nicht immer dem wohlwollend wirkenden Bauch, doch dies war weniger wichtig, als man hätte meinen können.

Monsieur Albert fragte, ob Monsieur allein sei; und Mr. Mackenzie antwortete mit einem Lächeln, das er einstudiert hatte, um nicht verlegen zu wirken, daß er an diesem Abend allein sei. Dann bestellte er Veau Clamart, das Monsieur Albert besonders empfahl, und eine Karaffe Rotwein.

Mr. Mackenzie war wohlhabend, wen auch kein Millionär. Unterstützt von seinem Vater, der Eigentümer einer Küstenschiffahrtslinie gewesen war, und dank einer gewissen Portion Glück, das ihn immer begleitet hatte, hatte er schon recht früh im Leben eine ganze Menge Geld gemacht. Er gehörte nicht zu den Leuten, die Geldverdienen als Abenteuer betrachten und nicht aufhören und etwas anderes tun können. Er hatte ein hübsches Vermögen angehäuft und sich dann von den Geschäften zurückgezogen. Er war achtundvierzig Jahre alt.

Paris hatte ihn angezogen wie der Magnet die Nadel. Wenn er in England war, pflegte er zu sagen: »Ich mag Paris, aber ich kann die Franzosen nicht ausstehen.« Wenn er in Paris war, mißfiel es ihm, als Engländer erkannt zu werden, doch zugleich wurde er hitzig und aggressiv, wenn er hörte, wie Franzosen sich über England mokierten, und war aufrichtig empört über den Verrat.

Er verbarg sich hinter einer reichlich gespielten Miene von Geistesabwesenheit. In seiner Jugend hatte er einen kleinen Gedichtband veröffentlicht. Doch sobald es sich um reale Dinge drehte, hielt er auf Disziplin und Ordnung. Er hatte festgestellt, daß Menschen, die es zulassen, daß sie vom Sturm der Gefühle und spontanen Regungen hin und her getrieben werden, immer unglückliche Menschen sind, und zur Selbstverteidigung hatte er eine bestimmte geistige Haltung angenommen, einen bestimmten Verhaltens- und Sittenkodex, von dem er selten abwich. Zwar wich er davon ab, aber nur dann, wenn er so gut wie sicher war, daß niemand es merkte.

Sein Kodex war vollkommen dem gesellschaftlichen System angepaßt, und in jeder Diskussion hätte er ihn gegen jeden beliebigen Angriff verteidigen können. Er debattierte allerdings nie darüber, denn auch das gehörte zum Kodex. Über solche Dinge debattierte man nicht. Man tat einfach unter bestimmten Umständen dieses und unter anderen Umständen jenes.

Mr. Mackenzies Kodex, seine Philosophie oder Denkweise wären ein vollkommener Schutz für ihn gewesen, hätte er nicht eine merkwürdige Schwäche gehabt – vielleicht war er noch immer von dem Band mit Jugendgedichten beeinflußt –, die bewirkte, daß er von Fremdheit, Leichtsinn, ja selbst von Unglück krankhaft angezogen wurde. Mehr als einmal hatte er sich in Geschichten eingelassen, die er hinterher bitter bereute, doch wenn es darum ging, sich aus der Affäre zu ziehen, kam ihm sein Geschäftssinn zu Hilfe, und er kam unbeschadet davon.

5

Mr. Mackenzie begann, über Julia Martin nachzudenken. Er tat dies so selten wie möglich, doch das letzte Mal hatte er sie in diesem Restaurant gesehen. Nun erinnerte er sich widerwillig. Diese Geschichte hatte sehr unerfreulich geendet.

Ein Wahnsinn! Rückblickend dachte er: ›Mein Gott, warum hab' ich das getan? Warum wollte ich bloß mit ihr schlafen?‹ Doch es ließ sich nicht abstreiten. Eine Weile war er von ihr besessen gewesen. Er hatte gelogen; er hatte ihr Versprechungen gemacht, die er nie zu halten beabsichtigt hatte; und so weiter und so weiter. Alles Teil des Wahnsinns, für den er nicht verantwortlich war.

Nicht, daß es vieler Lügen bedurft hätte. Nachdem sie sich zwei- oder dreimal mit ihm getroffen hatte, verbrachte sie die Nacht mit ihm in einem billigen Hotel. Vielleicht war das der Grund, wenn er es recht bedachte, warum er sie nie wirklich gemocht hatte.

»Ich hasse Heuchler.« Das hatte sie einmal gesagt. Ganz beiläufig.

Er hatte beigepflichtet. »Ich auch«, hatte er gesagt.

Doch er mochte das Wort »Heuchler« nicht. Es war ein Wort, das er selbst nie gebrauchte – das er vermied, als sei es etwas Unanständiges. Zuviel sinnloses Zeug wurde von idiotischen Leuten über Heuchelei und Heuchler gesagt.

Immerhin gehörte sie nicht zu der abgebrühten Sorte. Sie war von der weichen Art. Das konnte jeder sehen. Hatte Angst vor dem Leben. Mußte sich fortwährend zu allem aufraffen. Anfangs hatte ihm das gefallen. Dann war es einigermaßen langweilig geworden.

Julia hatte ihm erzählt, daß sie verheiratet gewesen sei und England unmittelbar nach dem Waffenstillstand verlassen habe. Sie habe ein Kind gehabt. Das Kind war gestorben – irgendwo in Mitteleuropa –, und dann hatte sie sich von ihrem Mann getrennt und sich scheiden lassen, oder er hatte sich scheiden lassen, Mr. Mackenzie hatte nicht mitbekommen, wie es nun eigentlich gewesen war. Vielleicht war sie aber auch gar nie verheiratet gewesen. Jedenfalls war sie allein nach Paris gekommen.

Sie war Modell und eine Zeitlang Mannequin gewesen. Aber es war offenkundig, daß sie hauptsächlich von dem Geld gelebt hatte, das diverse Männer ihr gegeben hatten. Von einem Mann zum nächsten zu gehen war ihr zur Gewohnheit geworden. Einmal hatte sie zu ihm gesagt: »Daran kann man sich sehr leicht gewöhnen.«

Ein anderes Mal hatte sie gesagt: »Verstehst du, einmal kommt eine Zeit in deinem Leben, da kannst du, wenn du genügend Geld hast, den einen Weg gehen. Wenn du aber gar nichts hast – absolut gar nichts – und keine Aussicht, von irgendwoher etwas zu bekommen, dann gehst du den anderen Weg.«

Er hatte gedacht, daß an dem, was sie sagte, etwas Richtiges sei, und doch hatte er nicht ganz zugestimmt. Rückhaltlose Zustimmung hätte unabsehbare Folgen gehabt.

Bald hörte er auf, intime Fragen zu stellen, denn ihm war klar, daß es ein Fehler war, allzuviel über Leute wissen zu wollen, die einem über den Weg laufen und die bald unweigerlich wieder aus dem Gesichtskreis entschwinden. So ließ sich das Leben nicht meistern.

Das Geheimnis des Lebens bestand darin, nie zu weit oder zu sehr in die Tiefe zu gehen. Also ließ man diese Leute in Ruhe. So oder so würden die einem höchstwahrscheinlich Lügen erzählen. Und sie hatten ihre eigenen Methoden, um mit dem Leben zurechtzukommen, da brauchte man sich wahrhaftig keine Gedanken zu machen.

Er fragte sich nur, als Mann von Welt: ›Kommt sie auf diese Weise über die Runden oder nicht?‹ Und die Antwort war negativ. Julia war zugleich zu durchschaubar und zu undurchsichtig. Das wirklich Unglaubliche war, daß es schien, als wolle sie gar nicht über die Runden kommen, daß sie die Notwendigkeit und den Zwang, sich um jeden Preis durchzuschlagen, nicht zu verstehen schien. Er wußte zum Beispiel, daß sie nicht einen Penny besaß. Nach all dieser Zeit hatte sie keinen einzigen Penny gespart.

Fast war er gezwungen zu glauben, sie sei ein weibliches Wesen ohne Selbsterhaltungstrieb. Und es widersprach Mr. Mackenzies Kodex, zu glauben, es könnte irgendein weibliches Wesen geben, das keinen Selbsterhaltungstrieb besaß.

Sie war leichtsinnig. Sie hatte Anwandlungen von Melancholie und verlor dann die Selbstbeherrschung, die zur Aufrechterhaltung des Scheins notwendig war. Er sah voraus, daß ihr Abstieg bis zur untersten Stufe nicht mehr sehr weit war. Sie begann ihn zu deprimieren.

Gewiß, manchmal konnte sie ganz bezaubernd sein. Aber das gehört zum Repertoire solcher Leute. So etwas zählt überhaupt nicht.

Er hatte ihre Trennung von Anfang an als endgültig angesehen – solche Geschichten mußten zu einem Ende kommen. Als er ihr gesagt hatte, daß er weggehe und vorschlage, ihr wöchentlich eine bestimmte Summe zukommen zu lassen, damit sie Zeit zum Ausruhen habe, Zeit, um sich umzusehen und so weiter, und so weiter, hatte sie geantwortet, daß sie weder ausruhen noch sich umsehen wolle. Sie hatte ihn gebeten, ihr zu helfen, sofort aus Paris wegzugehen. Doch etwas im Inneren von Mr. Mackenzie hatte sich gesträubt, ihr eine größere Summe zu geben, die sie natürlich auf der Stelle ausgeben würde. Dann würde sie, wie sehr sie auch jetzt das Gegenteil beteuern mochte, zurückkommen und mehr haben wollen.

Er hatte sich schroff geweigert und ein paar verletzende, doch der Wahrheit entsprechende Bemerkungen hinzugefügt.

Julia hatte geweint; sie war hysterisch geworden. Sie hatte eine Szene gemacht, genau in diesem Restaurant, unter den schockierten und mißbilligenden Blicken von Monsieur Albert. Ihretwegen hatte er dagestanden wie ein Narr.

Ein Gefühl der Vorsicht und des Argwohns, das sich fast zum Haß steigerte, hatte von ihm Besitz ergriffen. Er hatte sie stark im Verdacht, ein paar reichlich törichte Briefe zu horten, die er ihr geschrieben hatte und von denen sie behauptete, sie habe sie zerrissen. Einer der Briefe hatte angefangen: »Ich möchte meine Kehle unter deine Füße legen.« Er wand sich förmlich, wenn er daran dachte. Was für ein Wahnsinn! Bloß nicht daran denken; nicht daran denken.

Vorsicht war seine zweite Natur – und so hatte er noch am selben Nachmittag die ganze Angelegenheit den kompetenten Händen von Maître Legros übergeben; und er hatte Julia seitdem nicht wiedergesehen.

Der Gedanke an sie verfolgte ihn, so wie eine kleinliche Handlung einen verfolgt, obwohl Mr. Mackenzie sich immer wieder sagte, daß er nicht kleinlich gewesen sei. Kleinlich! Was für ein Unsinn.

Dann sah er von seinem Kalbsschnitzel hoch – und da war sie, betrat gerade das Lokal.

6

Sie kam herein – bleich wie ein Gespenst. Sie ging direkt auf Mr. Mackenzies Tisch zu und nahm ihm gegenüber Platz. Er öffnete den Mund, um zu sprechen, doch keine Worte kamen. Also schloß er ihn wieder. Er dachte: ›O Gott, o du lieber Gott, sie ist hergekommen, um eine Szene zu machen ... O Gott, sie ist gekommen, um eine Szene zu machen.‹

Mit einem hilflosen Ausdruck sah er nach rechts und nach links. Er empfand eine große Erleichterung, als er sah, daß Monsieur Albert in der Nähe seines Tisches stand und ihn bedeutungsvoll anblickte.

»Zum ersten Mal sieht dieser Bursche einen direkt an«, dachte Mr. Mackenzie.

Monsieur Albert war ein kleiner blonder Mann, ein Elsässer. Seine Augen signalisierten: ›Ich habe verstanden; ich erinnere mich an diese Frau. Wollen Sie, daß ich sie vor die Tür setze?‹

Instinktiv nahm Mr. Mackenzies Gesicht einen hochmütigen Ausdruck an, als ob er sagen wollte: ›Was zum Teufel meinen Sie?‹ Er hob die Augenbrauen ein wenig, um den Kerl in seine Schranken zu weisen.

Monsieur Albert zog sich zurück. Nachdem er sich ein kleines Stück entfernt hatte, wandte er sich um. Dieses Mal versuchte Mr. Mackenzie, zurückzusignalisieren: ›Jedenfalls jetzt noch nicht. Aber bleiben Sie in der Nähe.‹

Dann sah er Julia zum erstenmal an. Sie sagte: »Du hast wohl nicht erwartet, mich hier zu sehen, oder?«

Sie hustete und räusperte sich.

Mr. Mackenzies Nervosität verschwand. Als sie stumm und wie ein Gespenst hereingekommen war, hatte er wirklich Angst vor ihr gehabt. Jetzt spürte er nur noch eine starke Abneigung gegen sie. Er sagte mit ziemlich schriller Stimme: »Ich wüßte nicht, daß ich dich eingeladen hätte. Nachdem du aber schon mal da bist – möchtest du nicht etwas essen?«

Julia schüttelte den Kopf.

Auf dem Tisch lag ein zweites Gedeck. Sie nahm die Karaffe mit dem Wein und goß sich ein Glas ein. Mr. Mackenzie beobachtete sie mit zynischer Miene. Er fragte sich, warum ihr Anblick ihn zunächst so erschreckt hatte. Er war sich jetzt sicher, daß sie keine große Szene machen konnte. Er kannte sie; allein schon die Anstrengung, die es sie gekostet hatte, in das Restaurant zu kommen und sich an seinen Tisch zu setzen, hatte sie mit Sicherheit an den Rand eines Nervenzusammenbruchs gebracht.

›Aber warum tut sie das?‹ fragte sich Mr. Mackenzie. ›Warum in aller Welt sollte ein vernünftiger Mensch so etwas tun?‹

Dann hatte er plötzlich den Wunsch, sich zu rechtfertigen, sie wissen zu lassen, daß er nicht gelogen hatte, als er ihr erzählte, er müsse verreisen.

Er sagte: »Ich bin erst vor ein paar Wochen zurückgekommen.«

Julia sagte: »Sag mir, gefällt dir das Leben wirklich? Glaubst du, es ist fair? Sag ehrlich, glaubst du das?«

Er beantwortete die Frage nicht. Überhaupt, was für eine Frage! Er griff nach Messer und Gabel und begann zu essen. Er wollte eine vernünftige und normale Atmosphäre herstellen.

Während er sich kleine Stücke Kalbfleisch und Gemüse in den Mund schob, sagte er sich, daß er sie einfach weiterreden lassen, seine Mahlzeit beenden, die Rechnung bezahlen und das Lokal verlassen sollte. Er könnte sie aber auch sofort hinausbegleiten, unter dem Vorwand, sie müßten einen ruhigeren Ort aufsuchen, um die Sache zu besprechen. Oder er könnte andeuten, daß er Monsier Albert bitten würde, sie hinauszuwerfen, wenn sie nicht gehe. Obwohl es natürlich reichlich spät war, das jetzt noch zu tun.

Gleichzeitig dachte er: ›Nein. Natürlich ist das Leben nicht fair. Es ist eigentlich verdammt unfair. Das weiß jeder, aber was soll ich denn ihrer Meinung nach dagegen tun? Ich bin schließlich nicht der liebe Gott.‹

Sie fragte: »Wie geht es deinem Busenfreund, Maître Legros?«

»Ganz gut, glaube ich«, sagte er steif.

Sie begann zu reden, mit leiser, ziemlich monotoner Stimme. Es war wie ein lang aufgestauter Strom, der sich plötzlich ergoß.

Er hörte mit halbem Lächeln zu. Gewiß mußte selbst sie sehen, daß sie aus einer Situation, die in erster Linie komisch war, eine Tragödie zu machen suchte. Die verlassene Geliebte – der loyale Anwalt, der die Ehre seines Klienten verteidigte ... Eine Situation, die den Stoff für zehntausend Possen und tausend Komödien hergegeben hätte.

Soweit er feststellen konnte, hatte sie die fixe Idee, daß ihre Affäre mit ihm und ihre Begegnung mit Maître Legros der Wendepunkt in ihrem Leben gewesen waren. Sie hatten ein paar notwendige Illusionen über sie selbst zerstört, die es ihr ermöglicht hatten, ihre merkwürdige Existenz mit einem gewissen Maß an Mut und Waghalsigkeit zu führen.

Bei der Erwähnung von Maître Legros spitzte Mr. Mackenzie die Ohren, denn er hatte nur drei sehr geschäftsmäßige Mitteilungen von diesem Herrn erhalten und war ziemlich neugierig zu erfahren, wie französische Rechtsanwälte solche Dinge handhabten.

Sie sagte, Maître Legros habe versucht, sie wegen Briefen unter Druck zu setzen, die sie vernichtet hatte, und wegen möglicher Schwierigkeiten, die sie nie vorgehabt hatte, zu machen.

Nun, das hatte er wahrscheinlich getan. Denn dafür wurde er schließlich bezahlt – daß er ihr eine Heidenangst einjagte. Andererseits mußte sie gemerkt haben, falls sie nur ein bißchen Verstand besaß, daß dies zu Dreiviertel Bluff war.

Sie sagte, der Rechtsanwalt habe seinen Angestellten

befohlen, die Tür abzuschließen und einen *agent* zu holen.

Er fragte sich, ob er das wohl glauben sollte, denn er hatte die unbestimmte Ahnung, daß das Versperren von Türen zu den Dingen gehört, die nicht legal sind.

Sie sagte, er habe gedroht, sie abschieben zu lassen, und eine Menge über die *police des mœurs* geredet. Sie sagte, in dem Raum seien viele Angestellte und Sekretärinnen gewesen, die sie angestarrt und die ganze Zeit gelacht hätten.

›Viele?‹ dachte er. ›Nun ja, drei oder vier im äußersten Fall.‹

Sie sagte, sie habe angefangen zu weinen.

Nun ja, in allen Lebenslagen mußte man damit rechnen, daß alles seine zwei Seiten hatte.

Sie sagte, sie sei entschlossen gewesen, das Geld, das man ihr anbot, niemals anzunehmen.

›Sieh an‹, dachte Mr. Mackenzie. ›*Tiens, tiens.*‹

Sie sagte, sie sei krank geworden, und dann sei ihr alles einerlei gewesen, sie habe bloß noch in Ruhe daliegen und krank sein wollen. Und dann hatte sie dem Anwalt geschrieben und gebeten, man solle ihr den Betrag schikken. Und danach war etwas in ihr kaputtgegangen, und nie mehr würde sie zu irgend etwas zu gebrauchen sein, nie, nie mehr.

Sie erhob die Stimme. »Hast du einen Anwalt bezahlt, bloß um mich zu schikanieren?« sagte sie.

Mr. Mackenzie schob seinen Teller zur Seite. Das ging zu weit. Er konnte nicht mehr so tun, als esse er – nicht, wenn sie lauthals derartige Dinge sagte.

Außerdem war ein Bursche, den er kannte, ein Journalist namens Moon, mit einem Freund hereingekommen, während sie redete, und saß nun zwei oder drei Tische weiter weg. Moon war ein Klatschmaul. Er redete ununterbrochen, und der Freund, ein dünner, dunkelhaariger jüngerer Mann, sah sich mit ziemlich gelangweilter Miene im Restaurant um. Jeden Augenblick konnten sie die

Aufmerksamkeit der beiden auf sich ziehen. Konnte man wissen, wie weit Julia noch gehen würde?

Mr. Mackenzie dachte: ›Nie mehr – nie, nie mehr – will ich mich mit dieser Sorte Frau einlassen.‹

Er hatte das Gefühl, sein Kragen beenge ihn. Instinktiv schob er sein Kinn nach vorn, um sich von dem Druck zu befreien. Es war genau dieselbe Bewegung, wie wenn ein Pferd scheut.

Er sah Julia an, und ein hilfloser, flehender Ausdruck trat in seine Augen. Seine Hand lag auf dem Tisch. Sie legte ihre Hand auf die seine und sagte mit sehr leiser Stimme: »Weißt du, ich bin ziemlich unglücklich gewesen.«

Mr. Mackenzie fühlte sich angesichts dieses Stimmungswechsels befreit und verärgert zugleich. ›Sie versucht, mich wieder herumzukriegen‹, dachte er. ›Aber wie sie das anstellt. Mein Gott, wie sie's bloß anstellt!‹

Langsam und ostentativ zog er seine Hand weg. Während er Julia unverwandt ansah, machte er absichtlich ein angewidertes Gesicht. Dann räusperte er sich und fragte: »Nun, was wolltest du eigentlich, als du hier hereingekommen bist?«

Julia wurde blasser. Die Schatten unter ihren Augen waren tiefer. Sie sah viel älter aus. Doch Mr. Mackenzie empfand mit ihr kein Mitleid; sie war eine gefährliche Person. Eine Person, die einfach hereinkam und solch eine unpassende Szene machte, war eine gefährliche Person.

Sie sagte: »Ach ja, sieh mal, der Scheck ... Diesen Scheck habe ich heute bekommen. Ich will ihn nicht.«

»Gut«, sagte Mr. Mackenzie. »Ganz wie du willst, natürlich. Du mußt es schließlich wissen.«

Doch er war überrascht und keineswegs erfreut. Er wußte, daß Hysterie das Leben solcher Leute beherrschte, doch er hätte nie gedacht, daß das so weit gehen könnte, daß man auf Geld verzichtete.

»Einen Moment«, sagte sie. »Nicht deshalb bin ich hergekommen.«

Mr. Mackenzie hatte Angst vor dem Ausdruck in ihren

Augen. Er dachte: ›Mein Gott, gleich geht sie auf mich los. Ich müßte sie aufhalten.‹

Doch wie in einem Alptraum konnte er nichts tun, um sie aufzuhalten.

Ein tätlicher Angriff! Man könnte beweisen, daß sie vorsätzlich gehandelt hatte. Sie würde nicht ungestraft davonkommen – nicht einmal hier in Paris.

Ein schlauer Ausdruck trat in Julias Gesicht. Sie hob ihren Handschuh auf und schlug damit gegen seine Wange, aber so leicht, daß er nicht einmal blinzelte.

»Ich verachte dich«, sagte sie.

»Ist schon gut«, sagte Mr. Mackenzie. Er saß ganz aufrecht da und starrte sie an.

Ihre Augen blieben auf ihn gerichtet, doch sie nahmen einen traurigen, niedergeschlagenen Ausdruck an.

»Auch gut«, sagte sie, »in Ordnung. Wie du meinst.«

Dann nahm sie zu Mr. Mackenzies unaussprechlicher Erleichterung ihre Handschuhe an sich und verließ das Restaurant.

7

Mr. Mackenzie aß noch ein paar Bissen vom Schnitzel. Inzwischen war es kalt geworden. Doch er wollte Zeit gewinnen, seine Fassung wiederzuerlangen.

Dann trank er etwas Wein.

Dann sah er sich im Raum um.

Während er sich umsah, war er überzeugt, daß niemand etwas bemerkt hatte. Nicht einmal Monsieur Albert, der auf die andere Seite des Lokals gegangen war und sich um ein Paar kümmerte, das gerade das Restaurant betreten hatte.

Niemand hatte etwas bemerkt.

Julia war nicht länger als höchstens zwölf Minuten im Restaurant gewesen. Sein Tisch stand in einer Ecke, und sie hatte mit dem Rücken zum Raum gesessen. Der gräßliche Zwischenfall hatte sich so rasch ereignet, daß es höchst unwahrscheinlich war, daß jemand etwas bemerkt hatte.

Allmählich beruhigte sich Mr. Mackenzie. Er hatte das Gefühl, er brauche etwas Warmes zu essen.

Er blickte quer durch den Raum und versuchte, Monsieur Alberts Aufmerksamkeit auf sich zu lenken; da sah er, daß der dunkelhaarige junge Mann am Nachbartisch ihn neugierig anstarrte.

Der dunkelhaarige junge Mann wandte sofort die Augen ab, und sein Gesicht nahm einen völlig leeren Ausdruck an – einen zu leeren Ausdruck.

›Verdammt noch mal!‹ dachte Mr. Mackenzie, ›der Kerl hat es gesehen.‹

Doch als Monsieur Albert das warme Essen und noch eine Karaffe mit Wein gebracht hatte, fing er wieder an zu essen, allerdings ohne großen Appetit.

Dann begann ihm Julia leid zu tun.

›Armer Teufel‹, dachte er. ›Sie ist wirklich am Ende.‹

Drittes Kapitel
Mr. Horsfield

Der Name des dunkelhaarigen jungen Mannes war Mr. Horsfield. Eine halbe Stunde später verließ er das Restaurant und dachte, daß er unverhältnismäßig viel Zeit in den vergangenen sechs Monaten damit verbracht hätte, von Leuten loszukommen, die ihn langweilten. (In den vergangen sechs Monaten hatte er sich richtig amüsiert.) Der Wunsch nach Alleinsein hatte auf beängstigende Weise überhandgenommen.

Er fragte sich, ob es sich gelohnt hatte, die einzige Erbschaft, die er je gemacht hatte und vermutlich jemals bekommen würde, auf Reisen in Spanien und Südfrankreich durchzubringen, bloß weil er die vage Vorstellung gehabt hatte, der Anblick der Sonne würde all seine Leiden heilen und der Liebe zum Leben und zur Menschheit förderlich sein, an der es ihm, wie er fühlte, beklagenswerterweise mangelte.

Dann sagte er sich, daß es ihm alles in allem doch gut getan hatte; es hatte sich gelohnt. Er fühlte sich an diesem Abend besonders wohl; ihm war danach, sich zu amüsieren. Langsam ging er die Straße entlang.

Auf der Straße, zwischen dem Café Dôme und dem Rotonde, stand ein Touristenbus. Die kleine, schwarze, klägliche Gestalt des Führers stand da, schwungvolle Reden haltend und gestikulierend.

Zwei Frauen stolzierten vorüber; sie trugen ihre Beine und Brüste zur Schau, als seien sie froh, am Leben zu sein. Freude war in der Luft und süße Traurigkeit – wie ein ruheloser Geist.

›Nein, nicht Traurigkeit‹, dachte Mr. Horsfield. Und dann: ›Doch vieles daran ist traurig.‹

Er überquerte die Straße und ging für zehn Minuten ins Select. Während er dort saß, erinnerte er sich an den

Streit, den er im Restaurant Albert mitangesehen hatte, und er lächelte vor sich hin. Da fiel ihm ein: ›Die Frau ist wahrscheinlich in einem der Cafés und trinkt etwas.‹ Er sah sich um; irgendwie war er sich ziemlich sicher, daß er sie wiedererkennen würde.

Es hatte etwas Phantastisches, Traumähnliches gehabt, eine solche Szene in einem Spiegel reflektiert zu sehen. Dazu in einem unscharfen Spiegel, so daß die Akteure leicht verzerrt wirkten, als spiegelten sie sich in einer unruhigen Wasserfläche.

Er hatte so gesessen, daß er jedesmal, wenn er aufblickte, unweigerlich im Spiegel den runden, kampflustigen Hinterkopf von Mr. Mackenzie sehen mußte – der entschieden mit seinem gewollt malerischen Aussehen von vorn kontrastierte – und das Gesicht der jungen Frau, die sehr mitgenommen wirkte. Er hatte nicht hinübergestarrt, doch er hatte gesehen, wie die junge Frau dem Mann ins Gesicht schlug. An ihrem Gesichtsausdruck hatte er abgelesen, daß es keine Liebkosung oder ein Scherz oder etwas in der Richtung war.

Er hatte gesagt: »Du liebe Güte!«

»Was gibt's?« hatte Moon gefragt.

Doch die Frau im Spiegel schien dem Weinen nahe. Mr. Horsfield war unbehaglich zumute. Er wandte die Augen ab und erwiderte: »Oh, nichts, gar nichts.«

Als sie aus dem Restaurant ging, hatte er sich umgedreht, um ihr nachzusehen, und gefragt: »Kennen Sie die Frau?«

Das hatte er gefragt, weil sein Begleiter behauptete, in diesem Viertel von Paris fast jedermann zu kennen. Er wußte, wer mit wem lebte, und konnte Aufschlüsse über das kulturelle Leben geben. So sagte er beispielsweise: »Sehen Sie das Mädchen da mit dem Dreispitz und den hohen Stiefeln? Sie schreibt an einem Roman über Napoleon.« Oder: »Der Mann, der da an seinem Glas herumfingert und vor sich hin murmelt – er ist eigentlich fast ein Genie. Er ist Bildhauer; bei ihm wird jedermanns Ego auf ein Ei reduziert.«

Was die junge Frau anlangte, so hatte Moon jedoch entschieden hochnäsig reagiert. Als er sagte: »O, ja. Ich glaube, ich habe sie schon ab und zu in der Gegend gesehen«, verwies sein Ton das seltsame Geschöpf so sehr an seinen Platz, daß Mr. Horsfield sich ziemlich dafür schämte, daß er überhaupt irgendein Interesse an ihr gezeigt hatte.

›Ein stumpfsinniger Kerl, dieser Moon‹, dachte er, als er wieder den Boulevard hinunterging, ›obwohl er nach außen hin nervös wirkt. Noch dazu ziemlich langweilig.‹

2

Mr. Horsfield ging ein Stück weiter und betrat dann ein anderes Café; es war groß, hell erleuchtet, und eine Menge Leute unterhielten sich lauthals, hauptsächlich auf deutsch. Er trank etwas an der Bar und ging dann zwischen den Tischen durch, fand einen freien Platz und setzte sich.

Er blickte sich um und sah die Frau, an die er gerade gedacht hatte, in einer Ecke sitzen.

Er erkannte ihren Hut wieder – einen dunkelblauen Turban mit einem kleinen Schleier, der vom Rand herabhing, jedoch nicht tief genug, um ihre Augen zu verbergen. Er beobachtete sie und wärmte sein Glas Brandy in den Händen. Er fühlte sich gelassen und ironisch.

Sie saß eingezwängt neben einem sehr dicken Mann mit kahlem Kopf. Eine überlange Spitze mit einer Zigarette am Ende ragte auf dem Mund des Dicken. Er wirkte ungeduldig. Offensichtlich wartete er auf einen Freund. Ab und zu stand er auf und reckte den Hals bei dem Bemühen, alle drei Eingänge des Cafés im Auge zu behalten.

Mr. Horsfield fand, daß die junge Frau recht einsam wirkte. Er beschloß, sobald wie möglich hinüberzugehen, sich an ihren Tisch zu setzen und zu versuchen, mit ihr ins Gespräch zu kommen.

Der dicke Mann erhob sich und winkte heftig zur Tür hin. Dann setzte er sich wieder mit enttäuschtem Gesichtsausdruck. Mr. Horsfield trank seinen Brandy aus und legte das Geld abgezählt auf den Tisch. Er wollte keine Schwierigkeiten mit den Kellnern.

Am Nachbartisch ließ sich ein alter Herr über die Angelsachsen aus, und der Ausdruck *cette hypocrisie froide* kehrte in dem, was er sagte, ständig wieder. Das Wort *froide* klang bösartig und verachtungsvoll. Mr. Horsfield hätte sich gern eingemischt und gesagt: ›Wissen Sie, da haben Sie völlig unrecht. Auf jeden Fall haben Sie nicht ganz und gar recht. Was Sie für Heuchelei halten, ist oft nur eine Art Vorsicht, oft auch echte, wenngleich schwerfällige Naivität, und manchmal eine Mischung aus beidem.‹

»*Ça vous écoeure à la fin*«, brabbelte der alte Knabe. Eigentlich sah er sogar ganz sympathisch aus. Um so bedauerlicher.

Wieder schwenkte der dicke Mann, der am Tisch der jungen Frau saß, heftig den Arm. Er nahm die Zigarette aus dem Mund, lächelte breit, stand schließlich auf und eilte auf seinen Freund zu.

»Macht es Ihnen etwas aus, wenn ich mich zu Ihnen setze?« fragte Mr. Horsfield.

»Keineswegs«, sagte sie gleichgültig.

Mr. Horsfield sah sie von der Seite an. Sie war nicht so jung, wie er vermutet hatte.

»Ich habe Sie in dem Restaurant gesehen, wo ich zu Abend aß«, sagte er.

»Dann kennen Sie also Mackenzie?« fragte sie scharf.

»Nicht die Spur«, sagte Mr. Horsfield. Dann fügte er hinzu, weil irgend etwas an diesem Ort für einen Augenblick seine Befangenheit gelöst hatte: »Ich habe Sie beobachtet. Ich fand, Sie sahen schrecklich einsam aus.«

Als er dies sagte, fiel ihm ein, daß er einsamen Menschen sonst strikt aus dem Weg ging; sie erinnerten ihn zu schmerzhaft an bestimmte Aspekte seiner selbst, da ihre Einsamkeit natürlich nichts anderes als eine Karikatur seiner eigenen war.

Sie sagte: »Oh ... Ja.«

Dann trank sie hastig ihr Glas aus und begann ganz ruhig Konversation zu machen. Mr. Horsfield bewunderte nicht wenig die Art, wie es ihr offenbar gelungen war, sich zusammenzunehmen.

Sie puderte sich das Gesicht. Es kam ihm so vor, als ob es einen Augenblick lang etwas Verschlagenes und Berechnendes bekäme.

Sie erzählte ihm, daß sie sehr lange Zeit nicht mehr in London gewesen sei. »Vor drei Jahren war ich das letzte Mal dort, aber nur für vierzehn Tage.«

Während sie sprach, sah sie ihn an, ohne zu blinzeln, wie ein ganz kleines Kind. Ihre Augen wirkten sehr traurig; sie schienen fortwährend eine Frage zu stellen. ›Welche?‹ dachte Mr. Horsfield. Ein tiefer schwarzer Schatten, auf die äußeren Augenwinkel gemalt, betonte die längliche Form.

Sie sprach von einem Nachtclub in London, der seines Wissens kurz vor Ausbruch des Krieges en vogue gewesen war. Mr. Horsfield dachte: ›Sie muß vierunddreißig oder fünfunddreißig sein, wenn nicht älter.‹ Natürlich, das erklärte vieles.

Als er sie einmal unterbrach, trat ein mürrischer Ausdruck in ihr Gesicht, obwohl ihm nicht bewußt war, daß er dabei einen mißtrauischen oder skeptischen Ton angeschlagen hätte. Sie zuckte leicht mit der Schulter und verfiel, ohne ihm zu antworten, wieder in Schweigen und Gleichgültigkeit.

›Aber warum sollte sie verstimmt sein?‹ dachte Mr. Horsfield. ›Angenommen, ich würde zu jemand sagen, ich handle mit Hopfen, mir gehört ein kleines, schlechtgehendes Unternehmen, und er würde ungläubig dreinsehen. Wäre ich dann beleidigt? Nicht im geringsten. Es wäre mir völlig egal.‹

Er hatte Lust, zu lachen und laut zu sagen: ›Ich bin ein bankrotter Hopfenhändler, verdammt noch mal! Mein Vater hat das Geschäft hochgebracht, und ich bringe es durch.‹

Etwas später schlug er ihr vor, in ein Tanzlokal zu gehen.

»O nein«, sagte sie. »Ich kann nicht. Ich will nicht.«

»Warum nicht? Kommen Sie doch!«

»Nein«, sagte sie hartnäckig. »Ich geh' in keines dieser Montparnasse-Lokale.«

Mr. Horsfield sagte, sie könnten hingehen, wohin immer sie wollte. Ihm sei es einerlei.

In seinen eigenen Ohren klang seine Stimme leicht belegt. Und doch war er nicht im mindesten betrunken. Er hatte einfach das Gefühl, daß er das Leben besser verstand als sonst.

Sie verließen das Café und nahmen sich ein Taxi. Sie gab dem Fahrer eine Adresse an.

»Gut«, sagte Mr. Horsfield. »Ausgezeichnet.«

Doch er war nicht ganz zufrieden. Er vermißte bei ihr ein Echo auf seine eigene, für seine Verhältnisse außergewöhnlich leichtsinnige Stimmung.

Das Taxi fuhr ein kurzes Stück eine Straße hinauf, eine andere hinunter und hielt dann an. Er dachte: ›Das Lokal sieht aus, als hätte es schon bessere Tage gesehen.‹ Tatsächlich war es nichts Besonderes, er wirkte sogar medioker.

Er war ziemlich enttäuscht. Indessen bezahlte er den Fahrer und sah sich dann nach seiner Begleiterin um.

»Also dann, gute Nacht«, sagte sie. »Hier ist nicht viel los, aber machen Sie sich nichts draus. Sie werden bald ein Mädchen finden, das Ihnen was Besseres zeigt.«

Sie ging bereits die Straße weiter, eine dunkle, schmale Straße, die steil einen kleinen Hügel hinaufführte. Er ging ihr nach und faßte sie am Arm, fühlte sich betrogen und war äußerst verärgert.

»Aber hören Sie ...«

»Meine Kleider sind zu schäbig.« Sie sprach erregt und zusammenhanglos. »Es geht mir nicht besonders gut. Ich schaffe es einfach nicht ... Meine Kleider sind zu schäbig ... Außerdem kann ich andere Leute nicht ausstehen. Ich fürchte mich vor anderen Leuten. Früher war ich nie so, aber jetzt werde ich langsam komisch, glaube ich.«

»Im Café eben ging es Ihnen doch noch gut«, wandte er ein.

Ohne zu antworten zog sie ihren Arm weg. Ein junger Mann sah sie im Vorübergehen neugierig an, und Mr. Horsfield kam es plötzlich in den Sinn, daß sie wie ein widerlich zankendes Paar wirken mußten. Wäre das alles bei Tageslicht geschehen, wäre er schamrot geworden und so rasch weggegangen, wie es der Anstand erlaubt hätte. Doch war diese menschenleere Straße mit ihren schäbigen, rot beleuchteten Hotels – billigen Zufluchtsstätten für Liebespaare – die richtige Kulisse für das, was sie sagte.

›Diese Frau hat ein verrücktes Leben hinter sich‹, dachte er und starrte sie dabei an.

Jedenfalls konnten sie hier nicht ewig stehen bleiben. Er fühlte sich wieder sehr unbehaglich.

Er faßte sie wieder am Arm, und sie gingen gemeinsam weiter. Sie kamen an eine Querstraße, und er sah in der Ferne den Davidsstern als Leuchtzeichen über einem Kino. Erleichtert schlug er vor, hineinzugehen.

»Es macht Ihnen doch bestimmt nichts aus, in einem Kino zu sitzen?«

»Oh, dieses Kino«, sagte sie. »Es ist ein ziemlich komisches Unternehmen. Ich glaube nicht, daß es Ihnen gefällt.«

»Das macht nichts«, sagte er. »Kommen Sie.«

3

Eine alte Frau spähte aus einem kleinen Fenster und verkaufte Mr. Horsfield zwei Karten zu je drei Francs fünfzig. Dann betraten sie einen kleinen kahlen Saal, wo ungefähr zwanzig Leute verstreut auf Holzstühlen saßen.

Sie waren in der Pause hereingekommen, und eine zweite alte Frau in einem schwarzen Kleid ging im Saal umher, gelegentlich auch zum Balkon hinauf, und rief mit sanfter Stimme:

»*Cacahuètes ... Pastilles de menthe ...*«

»Es ist immer so leer«, sagte Julia. »Ich glaube, den beiden alten Mädchen – der draußen und der hier drinnen – gehört das Kino. Ich weiß nicht, aber ich glaube, daß es bald zumachen muß.«

Ein lautes Klicken füllte die Leere. Die Lichter gingen aus, und ein merkwürdiger altmodischer Film flimmerte über die Leinwand. Jemand begann auf einem verstimmten Klavier zu spielen. ›Valse Bleu‹, ›Myosotis‹, ›Püppchen‹ ... Mr. Horsfield schloß die Augen und hörte den erbarmungswürdigen Klängen des alten Klaviers zu.

Auf der Leinwand machte ein seltsamer schlanker Jüngling mit langem weißem Gesicht und verrückten Augen einer schönen Dame den Hof; ihre ausladenden Hüften verliehen dem Ganzen eine archaische und zugleich großartige Wirkung.

Nach einer Weile posaunte eine Frau hinter ihnen ins Publikum, daß jeder in diesem Film offenbar *dingo* sei, daß sie solche Filme nicht leiden könne und deshalb gehe.

Mr. Horsfield mochte die Frau nicht. Er hatte das Gefühl, in diesem kahlen Saal und untermalt von dieser zarten Musik sei die Illusion von Kunst nahezu vollkommen. Aus irgendeinem Grund gefiel es ihm hier.

Es war ein deutscher Film, und er war ziemlich gut.

Das Geräusch, das Julia machte, als sie sich die Nase putzte, berührte ihn unangenehm, wie wenn in einem

Raum, in dem man zu schlafen versucht, plötzlich das Licht angemacht wird. Dann ein tiefes Atemholen.

Natürlich, er hätte sich denken können, daß sie genau das tun würde.

Doch er hatte den Eindruck, daß ihr Kummer nicht das geringste mit ihm zu tun hatte. Im Gegenteil, er war der Leidtragende. Seit sie das Café verlassen hatten, hatte sie ihn in Verlegenheit gebracht und ihn irritiert, und dabei wollte er doch nichts anderes als sich amüsieren und an nichts denken. Und danach war ihm weiß Gott nicht oft zumute.

Er beschloß, wenn sie das Kino verließen, würde er herausfinden, wo sie wohnte, ein Taxi nehmen und sie nach Hause bringen – und damit hätte die Sache ein Ende. Wenn man erst einmal anfing, den Instinkt des Mitleids vom Allgemeinen zum Besonderen verkommen zu lassen, wurde das Leben absolut unmöglich.

Sie holte wieder tief Atem. Er streckte seine Hand aus und tastete nach der ihren.

»Hören Sie«, sagte er, »bitte weinen Sie nicht.«

Sie antwortete nicht.

»Wollen Sie mit in mein Hotel kommen?« fragte er. »Dort können wir viel besser reden.«

Dann stand er auf und ging hinaus; er wußte, daß sie ihm folgen würde.

Draußen ging sie mit gesenktem Kopf neben ihm her. Ihr Gesicht war ganz ruhig, und er fragte sich, ob sie wirklich geweint oder ob er es sich nur eingebildet hatte oder ob sie es darauf angelegt hatte, daß er es sich einbildete.

Sie gingen an einem kleinen Weinausschank vorbei, wo ein paar Männer trinkend an der Bar standen, dann an einem schmuddeligen Hotel. Sie kamen zu der Straßenecke, wo sie sich zuvor gestritten hatten.

Ein Taxi fuhr vorbei. Mr. Horsfield hielt es an und sagte dem Mann, er solle zu seinem Hotel fahren. Der Fahrer wirkte ziemlich mürrisch, als er die Adresse hörte, wahrscheinlich, weil es zu nah war. Doch Mr. Horsfield stieg kurzentschlossen ein, schlug die Tür zu und sagte mit lauter Stimme: »Also, fahren Sie los.«

Der Fahrer startete so, daß der Wagen ein paarmal heftig ruckte. Dann, im Bemühen, seiner schlechten Laune Luft zu machen, raste er los.

Sie seufzte tief. Dann holte sie eine kleine vergoldete Puderdose aus ihrer Tasche und begann sich sorgfältig das Gesicht zu pudern.

Mr. Horsfields Mund und Kehle fühlten sich trocken an. Er hatte Lust auf etwas schönes Kaltes zum Trinken und erinnerte sich mit Erleichterung an die Whiskyflasche und den Siphon in seinem Zimmer.

4

Dort auf seinem Zimmer stand das Tablett mit einem Siphon und Gläsern – zwei Gläser zum Glück. Mr. Horsfield hatte den Whisky weggeschlossen. Er holte ihn hervor und goß die Gläser voll. Dann sagte er: »Vielleicht möchten Sie lieber Wein? Soll ich Wein bringen lassen?«

Sie schüttelte den Kopf und begann mechanisch an ihrem Glas zu nippen.

»Also, zum Wohl«, sagte Mr. Horsfield mit einem Seufzer.

»Cincin«, sagte Julia. Über den Rand des Glases hinweg wirkten ihre Augen verhangen und wie betäubt.

»Du meine Güte, ist es heiß hier drin«, sagte er. Er öffnete die hohen Fenster, die zum Innenhof des Hotels hinausgingen. In einem Zimmer gegenüber brannte Licht, und er sah einen jungen Mann und ein Mädchen, die sich leidenschaftlich umarmten.

Er fühlte sich peinlich berührt. Hier blieb man auch keinen Augenblick lang von so etwas verschont.

Er wandte sich vom Fenster ab und fragte: »Sagen Sie mal, sind Sie in Geldschwierigkeiten? Ist es das?«

Sie öffnete ihre Tasche und nahm zwei Zehnfrancscheine und ein wenig Kleingeld heraus.

»Das ist alles, was ich habe. Ich hatte einen Scheck über fünfzehnhundert Francs, aber ich habe ihn zurückgegeben.«

»Aha, ich verstehe«, sagte Mr. Horsfield.

Dann dachte er, daß es schließlich für all dies nur *eine* Lösung gab – und besser jetzt als später. Er öffnete die Brieftasche. Darin waren zwei Tausendfrancscheine, ein Fünfhunderter und ein paar kleine Scheine. Er nahm den Fünfhunderterschein und einen der beiden Tausender heraus. Sie waren sorgfältig zusammengefaltet.

Er legte sie in ihre Hand und schloß sanft ihre Finger darüber.

Als er das getan hatte, fühlte er sich stark und überlegen. Glücklich. Er lächelte Julia ziemlich töricht an.

»Wird Ihnen das eine Weile reichen?« fragte er. »Kommen Sie damit zurecht?«

»Ja«, sagte sie. »Danke. Sie sind sehr freundlich. Sie sind wirklich nett.«

Ihm fiel jedoch auf, daß sie das Geld ohne zu widersprechen und offensichtlich ohne verwundert zu sein annahm, und das berührte ihn ziemlich unangenehm.

»Oh, lassen Sie's gut sein«, sagte er.

Das Schweigen zwischen ihnen wurde bedrückend.

Dann kam ihm in den Sinn, sie könnte denken, er habe sie auf sein Zimmer mitgenommen, um mit ihr zu schlafen. Und er wollte nicht mit ihr schlafen. Das war ihm völlig vergangen, als sie im Kino zu weinen und zu schniefen begonnen hatte.

Ihm war unbehaglich. Da gab man einer plötzlichen Eingebung nach, man tat etwas, was man tun wollte – und dann war man in alle möglichen Komplikationen verstrickt.

Er ging wieder zum Fenster, blieb dort stehen und

trommelte gegen die Scheibe. Seine Finger waren vom Rauchen gefärbt. Dann wandte er sich um und sah, daß Julia ihren Hut abgenommen hatte. Doch sie sah nicht in den Spiegel und bemühte sich nicht, ihr Haar in Ordnung zu bringen.

Sie war sicher ziemlich betrunken. Ihre Augen schienen einen weit entfernten Punkt anzustarren. Es sah aus, als betrachte sie eine eintönige und unsichere Zukunft mit einer Gleichgültigkeit, die letzlich eine Art von hart erkämpftem Mut war.

Da ihm nichts einfiel, was er sonst hätte sagen können, bemerkte Mr. Horsfield, daß Paris eine Stadt sei, wo es Angelsachsen schwer falle, nüchtern zu bleiben.

Sie sagte: »Oh, es gibt überhaupt keinen Ort, an dem man das könnte. Meiner Meinung nach jedenfalls.«

Diese Bemerkung kam Mr. Horsfield außerordentlich pathetisch vor.

Sie fing an: »Schließlich ...« und sprach nicht weiter. Sie hatte einen Ausdruck in den Augen wie jemand, der sich danach sehnt, sich verständlich zu machen, zu sagen: ›So bin ich. So fühle ich mich.‹,

Er erinnerte sich plötzlich: ›Pa war Oberst. Ich wurde von einem Pfarrer auf einer Gartenparty verführt. Pa hat auf ihn geschossen. Du meine Güte, wie der Kerl geblutet hat!‹ Er hätte gern gelacht.

Er setzte sich neben sie. »Erzählen Sie mir von sich«, sagte er freundlich.

»Nun, ich habe Ihnen schon erzählt. Ich bin nach dem Waffenstillstand aus London weggegangen. In welchem Jahr war das?«

»Neunzehnhundertachtzehn.«

»Ach ja. Ich bin im Februar des darauffolgenden Jahres weggegangen. Dann bin ich ziemlich viel herumgekommen mit – mit dem Mann, mit dem ich aus London fortgegangen bin. Ich war fast überall, nur nicht in Spanien und Italien. Und dann bin ich nach Paris gekommen.«

»Ich verstehe«, sagte Mr. Horsfield aufmunterend.

Sie sagte mit leiser Stimme, die plötzlich voller Haß war: »Es ging mir gut, bis ich dieses Schwein Mackenzie traf. Er hat mich irgendwie ... ich weiß nicht, er hat mich irgendwie fertiggemacht. Vorher war ich mir immer ziemlich sicher, daß bei mir alles wieder ins Lot kommen würde, aber danach habe ich nicht mehr an mich geglaubt. Ich wollte nur weglaufen und mich verkriechen. Vielleicht bin ich müde geworden; vielleicht wäre ich so oder so vor die Hunde gegangen.«

Mr. Horsfield dachte: ›Nun ja, niemand kann ewig so weitermachen.‹

Doch weil er ziemlich betrunken war, schien ihm das, was sie sagte, sehr intim und vertraulich. Er fing an, es auf sich selbst zu beziehen, und dachte zornig: ›So ist es immer. Wenn einer angeschlagen ist, kommt jemand daher, der es besonders gut versteht, stößt einen zu Boden und trampelt auf einem herum.‹

»Nun«, sagte Julia, »das wär's. Und Reden nützt nichts. Trinken wir auf ein schönes Leben und auf einen schnellen Tod ... Wenn ich betrunken bin, ist alles in Ordnung. Dann kann ich zurückdenken, dann weiß ich genau, warum ich das alles gemacht habe. Alles kommt ins Lot, und ich weiß, daß ich nichts anderes hätte tun können und daß es keinen Sinn hat, sich den Kopf zu zerbrechen.«

Sie seufzte. »Aber man kann nicht die ganze Zeit betrunken sein.«

»Sie sollten nicht so viel herumsitzen und grübeln«, sagte Mr. Horsfield. »Sie sollten unter Leute gehen und sich unterhalten, anstatt allein zu sein und vor sich hin zu brüten.«

»Ja«, sagte sie, »gewiß«.

Sie sah ihn an und dachte: ›Was nützt es, wenn ich es zu erklären versuche? Das geht nun alles schon zu lange so.‹ Unvermittelt schweifte sie ab und sagte: »Nun, mit Leuten zu reden hilft auch nicht immer. Zum Beispiel, kurz nachdem ich nach Paris gekommen bin, habe ich einer Frau, einer Bildhauerin, Modell gesessen.«

»Sie meinen, nachdem Sie England verlassen hatten?«

»Nein, nein«, sagte sie in ungeduldigem Ton. »Aus England bin ich vor ewigen Zeiten weggegangen.«

Dann nahm ihr Gesicht einen so abwesenden Ausdruck an, daß Mr. Horsfield dachte: ›Nun mach schon, erzähl weiter. Und wenn's deine Lebensgeschichte wird, mach weiter.‹

Nach einer kurzen Pause hakte er nach: »Also, was war mit der Frau, der Sie Modell gesessen haben?«

»Ich kam damals aus Ostende«, erklärte Julia. Sie sprach, als versuche sie, sich an ein Buch zu erinnern, das sie gelesen, oder an eine Geschichte, die sie gehört hatte, und Mr. Horsfield fing an, sich über ihre verschwommene Art zu ärgern, ›denn‹, dachte er, ›schließlich ist es dein Leben, und du mußt dich schon einigermaßen klar darüber äußern können. Oder wenn es eine erfundene Geschichte ist, solltest du sie wenigstens parat haben‹.

Dann hellte sich ihr Gesicht auf, und sie fügte hinzu: »Ich mag Ostende. Ich mag es sogar sehr. Dort bin ich glücklich gewesen, und ich erinnere mich immer an Orte, an denen ich glücklich gewesen bin. Ich meine, ich erinnere mich so an sie, daß ich meine Augen schließen und dort sein kann ... Wir wohnten in einem kleinen Ort namens Coq-sur-Mer, in der Nähe von Ostende. Und das Wasser war kalt und herrlich, aber nicht grau. Und dann bin ich allein nach Paris gekommen. Und dann begegnete ich nach einiger Zeit dieser Frau, und ich habe angefangen, ihr Modell zu sitzen. Sie gab mir soundsoviel pro Woche, und ich bin fast jeden Tag zu ihr gegangen, so lange, wie sie wollte.«

»Haben Sie sie gemocht?« fragte Mr. Horsfield.

»Ich weiß nicht, ob ich sie mochte. Ich glaube ja. Auf ihre Art war sie in Ordnung. Manchmal mochte ich sie. Sie war bloß so verschlossen ... Und sie glaubte, alles, was nichts mit ihr zu tun hatte, sei dumm, und das hat mich geärgert. Sie war ein wenig fanatisch, wissen Sie. Sie hatte etwas von einer Künstlerin an sich – ganz im Ernst. Also war sie natürlich fanatisch. Und dann war sie eine Frau. Ungefähr fünfunddreißig. Sie wollte also einfach nicht glauben, daß irgend etwas, was außerhalb von ihr selbst war, oder irgend etwas außerhalb ihrer Gedanken und Gefühle, real sei. Sie dachte einfach, ich sei dumm, weil es nicht in ihr Schema paßte, daß jemand wie ich nicht dumm sein könnte. Sie hielt mich einfach für dumm und sagte ab und zu kleine Bosheiten, um mir weh zu tun. Wie wenn dir jemand eins mit der Peitsche überzieht.

Also, einmal, als wir Tee tranken – denn wenn es zu dunkel zum Arbeiten wurde, haben wir immer Tee getrunken und Butterbrote und manchmal Kuchen gegessen ... Wenn ich Ihnen nur beschreiben könnte, wie schön ich das fand, einfach so mit ihr Tee zu trinken ...

Und eines Tages, als wir dasaßen, rauchten und Tee tranken, habe ich also angefangen, ihr von mir zu erzählen. Ich war gerade dabei, ihr zu erzählen, warum ich aus England weggegangen bin ... Es waren da ein paar Dinge passiert, und ich wollte weg. Weil ich es satt hatte, satt bis obenhin.

Ich wollte weg und hatte dabei genau das gleiche Gefühl wie ein Junge, der ausreißen will, um zur See zu gehen – jedenfalls stelle ich mir das so vor. Nur sind in meine Abenteuer Männer verwickelt gewesen – wie hätte es anders sein können. Das verstehen Sie, nicht wahr? Verstehen Sie, daß ein Mädchen dieses Gefühl haben kann?

Ich wollte fort. Ich wollte es wie ... um jeden Preis. Außerdem hatte ich vor nichts Angst. Und so ging ich tatsächlich auf und davon. Ich habe geheiratet, um wegzukommen.

Also, ich habe ihr alles darüber erzählt. Und dann, ehe ich wußte, wie ich dazu kam, habe ich ihr auch alles andere erzählt. Alles, was mir passiert war, von Anfang bis Ende.

Und die ganze Zeit, während ich redete, betrachtete ich ein komisches Bild, das sie an der Wand hatte – die Reproduktion eines Bildes von einem Mann namens Modigliani. Haben Sie je von ihm gehört? Das Bild zeigt eine Frau, die auf einer Couch liegt, eine Frau mit einem schönen, wunderschönen Körper. Oh, ganz wunderschön. So kam es mir jedenfalls vor. Irgendwie ein stolzer Körper, wie der Körper eines ganz wunderschönen stolzen Tiers. Und das Gesicht wie eine Maske, ein langes dunkles Gesicht, und sehr große Augen. Die Augen waren ausdruckslos, wie bei einer Maske, aber wenn man das Bild eine Weile angesehen hatte, war es, als würde man eine wirkliche Frau, eine lebendige Frau ansehen. So ist es zumindest mir gegangen.

Also, während der ganzen Zeit, die ich geredet habe, hatte ich das Gefühl, ich würde nicht nur Ruth – so hat sie geheißen – die Dinge erklären, sondern ich würde sie auch mir selbst erklären, und der Frau auf dem Bild. Es war, als stünde ich vor einem Richter und würde erklären, daß alles, was ich getan hatte, immer das einzig Mögliche gewesen war. Und natürlich hatte ich vergessen, daß es jedem so geht, nicht wahr?«

Sie schwieg. Nach einer Weile sagte Mr. Horsfield: »Na ja, ich persönlich glaube, daß über den freien Willen eine ganze Menge Unsinn geredet wird.«

»Ich wollte, daß sie mich verstand. Ich hatte das Gefühl, es sei schrecklich wichtig, daß irgendein Mensch wußte, was ich getan hatte und warum ich es getan hatte. Ich habe alles erzählt. Ich konnte nicht mehr aufhören.

Und als ich fertig war, sah ich sie an. Sie sagte: ›Sie haben anscheinend eine turbulente Zeit hinter sich.‹ Doch als sie das sagte, wußte ich, daß sie kein einziges Wort glaubte.«

Wieder folgte eine lange Pause. Dann sagte Mr. Horsfield: »Nein, wirklich ...? Du meine Güte.«

Er merkte, daß seine Antwort nicht sehr passend war, und fügte daher hinzu: »Sie muß eine ziemliche Kuh gewesen sein.«

»Ja«, sagte Julia. »Aber das war es nicht. Dann ich hätte

wissen können, daß sie so reagieren würde. Ich fühlte mich einfach scheußlich.«

Sie runzelte die Stirn. Sie sah aus, als hätte sie Schmerzen.

»Nun quälen Sie sich jetzt nicht deshalb«, sagte Mr. Horsfield. »Trinken Sie lieber noch einen Whisky.«

»Ich fühlte mich wirklich scheußlich – weil ich mir auch selbst nicht ganz glaubte. Ich dachte: ›Ist das überhaupt wahr? Hab' ich das wirklich je getan?‹ Ich hatte das Gefühl, die Frau auf dem Bild würde mich auslachen und sagen: ›Ich bin realer als du. Aber gleichzeitig *bin* ich du. Ich bin alles, was an dir zählt.‹

Und ich hatte das Gefühl, daß mein ganzes Leben und ich selbst von mir forttrieben wie Rauch und daß es nichts gab, was ich festhalten konnte – nichts.

Und es war ein schauderhaftes Gefühl, ein ekelhaftes Gefühl, wie wenn man über den Rand der Welt hinaussehen würde. Es war beängstigender, als ich es Ihnen je beschreiben kann. Es war so schlimm, daß mir richtig übel wurde.

Ich wollte zu Ruth sagen: ›Ja, natürlich haben Sie recht. Ich habe das alles nie getan. Aber wer bin ich dann? Können Sie mir das vielleicht sagen? Wer bin ich, und wie bin ich hierhergekommen?‹ Da hatte ich gerade noch soviel Verstand, mich zusammenzureißen und keinen solchen Unsinn zu reden.

Dann sind wir zum Abendessen gegangen. Als ich nach Hause kam, holte ich alle Photographien hervor, die ich hatte, und Briefe und andere Sachen. Und meine Heiratsurkunde und meinen Paß. Und die Dokumente von meinem Kind, das gestorben ist und in Hamburg begraben wurde.

Aber alles war verschwunden, als hätte es nie existiert. Und ich kam mir vor wie ein Geist. Und dann bekam ich Angst, und doch wußte ich: wenn ich das, was ich fühlte, durchstehen würde, würde ich die Wahrheit über mich selbst und über die Welt erfahren und über alles, worüber man sich die ganze Zeit den Kopf zerbricht und was einen quält.«

Sie schaukelte ganz leicht vor und zurück, hielt ihre Knie umfaßt und sah ins Leere.

Mr. Horsfield wurde von einer Welle des Mitgefühls erfaßt. Er dachte: ›Zum Teufel noch mal, man kann doch dieses unglückselige Geschöpf nicht allein lassen, damit sie hingeht und sich um den Verstand trinkt.‹

Er sagte: »Hören Sie, darf ich Ihnen einen Rat geben? Warum gehen Sie nicht zurück nach London?«

Sie sah ihn mit ihren großen Augen unverwandt an, ohne zu blinzeln. Sie sagte: »Ich weiß nicht. Ich könnte nach London zurück. Es hält mich hier nichts.«

Dann dachte er: ›Gütiger Himmel, warum um alles in der Welt habe ich das bloß vorgeschlagen?‹ und fügte vorsichtig hinzu: »Ich meine, Sie haben dort doch sicher Verwandte, oder nicht?«

»Doch«, sagte sie, »natürlich. Meine Mutter und meine Schwester. Aber meine Mutter ist ziemlich krank. Sie ist schon seit langer Zeit krank.«

Er glaubte ungefähr zu wissen, wie ihre Mutter und ihre Schwester waren. Kein Geld. Keine Spur von Geld. Gottverdammtes Geld! Sie gehörten gewiß zu der Unmenge von Leuten, die das Etikett »kein Geld« von der Wiege bis zum Grabe mit sich herumtragen ... Und diese hatte sich dagegen aufgelehnt. Nicht auf intelligente Art, sondern heftig und instinktiv. Er sah das Ganze vor sich.

»Ich bin müde«, sagte sie. Und das war sie auch – sehr müde. Ihre Erregung und die Erleichterung darüber, daß sie wieder Geld hatte, waren wie weggewischt. Sie wollte schlafen. Sie fror – wie man friert, wenn man betrunken ist –, als ob etwas Riesiges, etwas aus Eis, sie anhauchte. Am meisten fühlte sie die Kälte in ihrer Brust. Aber dennoch arbeitete und plante ihr Hirn selbstquälerisch weiter.

Sie sagte: »Wissen Sie, ich habe oft daran gedacht, nach London zurückzugehen. Weil ich dort einen Freund habe. Ich habe ihn wiedergetroffen, als ich vor drei Jahren in London war. Er würde mir helfen. Und ich möchte mir weiß Gott für eine Weile keine Sorgen machen müssen.« In einem Ton, der rührend großsprecherisch klang, fügte sie hinzu: »Er ist sehr reich ... Er ist –« Und sprach dann nicht weiter.

»Gut«, sagte er. »Dann tun Sie's doch. Riskieren Sie's.«

»Niemand hat je behauptet, daß ich nicht imstande wäre, etwas zu riskieren. Das ist das letzte, was mir jemand nachsagen kann.«

Plötzlich tat sie ihm sehr leid.

»Wenn Sie tatsächlich nach London kommen«, sagte er, »dann rufen Sie mich an oder schreiben Sie mir oder was immer, ja? Hier ist meine Adresse.«

Sie nahm die Karte und sagte: »Ja. Ist gut.« Und er dachte ziemlich grimmig: ›Wetten, daß du's tust ...‹

Er brachte sie zu einem Taxi.

Ihm schien, daß es für einen unterhaltsamen Abend nicht sehr unterhaltsam gewesen war.

Das letzte, was ihm vor dem Einschlafen durch den Kopf ging, war:

Roll me over on my right side,
Roll me over slow;
Roll me over on my right side,
'Cause my left side hurts me so.

Er wußte nicht mehr, wo und wann er das gehört hatte. Aus irgendeinem Grund schien es ihm ganz speziell auf Julia zu passen.

Viertes Kapitel
Der erste Unbekannte

Liliane stellte das Frühstückstablett auf das untere Ende des Bettes und schlug beim Hinausgehen die Tür laut hinter sich zu.

Julia öffenete die Augen und erinnerte sich an alles. Sie war immer noch müde und sehr nervös, und sie machte ihre Handtasche auf, um sich durch den Anblick des Geldes zu beruhigen. Sie drehte den Kopf auf dem Kissen in die andere Richtung, schloß die Augen und stellte sich vor, wie sie Mr. Mackenzie ins Gesicht geschlagen hatte. Das schien lange her. Sie wußte, daß sie sich immer daran erinnern würde, als sei es gestern gewesen – und immer würde es ihr vorkommen, als sei es vor langer Zeit geschehen.

Sie dachte: ›Ich muß weg hier. Eine gute Idee. Das ist das einzig Richtige.‹

Das Problem war nur, daß sie sich so müde fühlte. Wie sollte sie alles Nötige tun, solange sie sich so müde fühlte?

Sie dachte: ›Wenn ein Taxi hupt, bevor ich auf drei zähle, fahre ich nach London. Wenn nicht, dann nicht.‹

Sie zählte langsam: »Eins … zwei …« Ein Auto hupte laut.

Sie trank ihren Kaffee und begann zu überlegen, wie sie ihre fünfzehnhundert Francs ausgeben sollte. Soundsoviel müßte sie als Minimum bei ihrer Ankunft in London haben, soviel für ihre Fahrkarte, und soviel blieb übrig für neue Kleider.

Die Vorstellung, neue Kleider zu kaufen, tröstete sie, und sie stand auf und zog sich an.

Um drei Uhr war sie wieder in ihrem Hotel und trug die Schachteln mit den Kleidern hoch, die sie in einem Gebrauchtwarenladen in der Rue Rocher gekauft hatte –

einen dunkelgrauen Mantel und Hut und ein sehr billiges Kleid, das für die derzeitige Mode zu kurz war.

Sie zog sofort die neuen Sachen an, doch war die Wirkung nicht so befriedigend, wie sie gehofft hatte. Eine Weile drehte und wendete sie sich vor dem Spiegel und betrachtete sich aus verschiedenen Winkeln. Sie überschlug die Summe, die ihr noch geblieben war, und kam zu dem Ergebnis, daß sie bei der Ankunft in London noch ungefähr dreißig Schilling übrig haben würde.

Plötzlich kamen ihr Zweifel, ob es wirklich klug wäre, mit so wenig Geld abzufahren. Sie machte sich keine Illusionen über die Art und Weise, wie ihre Schwester sie empfangen würde. Es war ziemlich schlimm, in London zu sein ohne Geld. Sehr schnell fraß einen die Düsterkeit auf.

Dann sagte sie sich, daß sie sich zum Aufbruch entschlossen hatte, und was nutzte dieses Hin und Her?

Meine liebe Norah,

ich bin in London. Ich weiß nicht, wie lange ich bleiben werde, aber ich würde Dich gerne sehen. Ich bin ganz überstürzt abgereist, sonst hätte ich es Dich vorher wissen lassen. Rufst Du mich an oder besuchst mich?

Als sie den Brief beendet hatte, den sie in London aufgeben wollte, begann sie ihre Sachen zu packen. Während sie packte, dachte sie die ganze Zeit: ›Schließlich habe ich ja meine Fahrkarte noch nicht. Ich brauche nicht zu gehen, wenn ich nicht will.‹

Eine Unruhe, eine böse Ahnung, ein Gefühl, als würde ihr das Herz zusammengepreßt, wich nicht von ihr.

2

Als sie in dieser Nacht vom Essen zurückkam, folgte ihr ein Mann. Nachdem sie von der Place St. Michel in die Dunkelheit des Quais abgebogen war, holte er sie ein und machte ihr mit leiser, schleimiger Stimme Anträge. Sie sagte zu ihm in schneidendem Ton, er solle verschwinden. Doch er bekam ihren Arm zu fassen und preßte ihn statt einer Antwort, so fest er konnte.

Sie blieb stehen. Sie wollte ihn schlagen. Einer dieser Wutanfälle packte sie, die mit der Zeit zu einem Teil ihres Charakters wurden. Sie wollte sich auf ihn stürzen und zuschlagen, doch sie dachte, daß er wahrscheinlich zurückschlagen würde.

Sie sah ihm ins Gesicht und sagte: »Ich will Ihnen mal was sagen, Sie sind ... Sie sind ...« Dann fiel ihr das Wort ein. »Sie sind *ignoble*.«

»Ganz und gar nicht«, sagte der Mann in gekränktem Ton. Ich hab' ein bißchen Geld, und ich bin bereit, es Ihnen zu geben. Warum sagen Sie, daß ich *ignoble* bin?«

Sie waren jetzt vor Julias Hotel angekommen. Sie ging hinein und schlug ihm die Drehtür ins Gesicht, so fest sie konnte.

Sie hätte nicht erklären können, warum sich ihre Vorahnungen in ein Gefühl des Triumphes verwandelten, als sie ihr Zimmer betrat.

Sie betrachtete sich im Spiegel und dachte: ›Schließlich bin ich noch nicht am Ende. Das ist völliger Unsinn. Ich bin überhaupt nicht am Ende.‹

3

Julia verließ Paris am nächsten Tag mit dem Mittagszug nach Calais. Sie hatte sich eine englische Illustrierte am Gare du Nord gekauft. Im Zug las sie aufmerksam die Hochglanzseiten durch, wo über eine Welt geplaudert wurde, so weit entfernt und unerreichbar, als existierte sie in einer anderen Dimension.

Die Leute, die ihr gegenüber saßen – offensichtlich ein Ehepaar –, waren ebenfalls Engländer, und sie lasen die englischen Zeitungen vom Tage. Praktisch war sie schon in England. Sie kam sich merkwürdig vor, und ihre Stimmung war gedämpft.

Im Speisewagen wies man den beiden die Plätze gegenüber von Julia an, und sie begannen eine Unterhaltung mit dem großen dicken Mann, der neben Julia saß.

Er war Deutscher. Er schien eine Art Handlungsreisender zu sein.

Das Ehepaar kam aus Marseille und befand sich auf dem Rückweg von irgendeiner Gegend im Fernen Osten. Sie sprachen vorsichtig, mit ruhiger Stimme. »Ich meine« oder »Ich glaube« kam in jedem Satz vor.

»Das Leben dort unten hat seine Nachteile«, sagte die Frau. »Aber natürlich hat es auch wieder seine Vorteile.«

Er waren nette Leute. Sie sprachen oder beantworteten vielmehr die Fragen des Handlungsreisenden sehr weitschweifig. Doch sie wahrten dabei eine merkwürdige, fade Zurückhaltung – vielleicht war es auch Unsicherheit.

Der Zug schwankte hin und her, und der Rotwein schwappte in den Gläsern.

»Bombay?« sagte der Mann. »O ja, ich erinnere mich an Bombay. Wir haben es geschafft, dort ein Zimmer mit Doppelbett zu bekommen.«

Als sie mit dem Essen fertig waren und alle drei wieder im Abteil saßen, verfiel das Paar erneut in Schweigen. Man konnte endlos ihre sonnengebräunten Gesichter betrachten und wußte doch nie genau, ob sie sehr freundlich oder sehr abweisend, auf naive Art aufrichtig oder sehr verschlagen waren.

Als es noch eine Stunde bis Calais war, holte die Frau, die ihr gegenüber saß, eine Dose mit »Mothersills«, einem Mittel gegen Seekrankheit, hervor und schluckte Tabletten in verschiedenen Farben, entsprechend den Gebrauchsanweisungen.

Julia überlegte, daß sie, wenn sie in der Victoria-Station angekommen wäre, ein Taxi nehmen und den Chauffeur bitten würde, sie zu einem billigen Hotel in Bloomsbury zu fahren. Sie hoffte, daß sie schnell irgendeine Unterkunft finden würde. Der Gedanke, von Hotel zu Hotel zu fahren, war ihr schrecklich.

Dann machte sie das Rattern des Zuges ruhig und schläfrig, schicksalsergeben, als hätte sie einen unwiderruflichen Schritt getan. Sie begann wieder in ihrer Zeitschrift zu lesen. England ... englisch ... Unsere Seite für die Hundefreunde ...

Zweiter Teil

Erstes Kapitel
Rückkehr nach London

Das Taxi hielt vor Arkwright Gardens Nummer 33. Die Straße war dunkel und verlassen, als sei es Mitternacht und nicht erst acht Uhr.

Julia sagte zu dem Fahrer: »Warten Sie einen Moment.« Er antwortete nicht und wandte auch nicht den Kopf um. Er saß da wie ein breitschultriger Götze.

Sie betrat das Hotel.

»Zeigen Sie der Dame Nummer neun«, sagte der Mann am Empfang.

Ein junger Mann, der teilnahmslos neben dem Telefon gesessen hatte, führte sie die Treppe hoch und einen Flur entlang.

Nummer neun war klein und sehr kalt. Es gab eine eiserne Bettstelle, einen altmodischen Waschtisch mit einem Spüleimer aus Blech daneben und eine Frisierkommode, in deren Rahmen ein Stück Zeitung eingeklemmt war, damit der Spiegel im richtigen Winkel blieb. Die Spitzenvorhänge waren zerrissen und sehr schmutzig. Hinter den Vorhängen war eine optimistische grüne Markise, die etwas aufreizend wirkte, wie ein dummer Witz.

Der junge Mann sagte: »Das Zimmer kostet acht Schilling sechzig die Nacht, Madam.«

»Mein Gott«, sagte Julia, »was für ein Loch!«

Der junge Mann starrte sie an.

»Schon gut. In Ordnung.«

Sie öffnete ihre Handtasche und entnahm ihr bedächtig eine Zehnschillingnote. Sie bat den jungen Mann, das Taxi für sie zu bezahlen und ihr Gepäck heraufzubringen. Er schien überrascht und musterte sie von unten bis oben. Dann trat ein wissender Ausdruck in sein Gesicht.

»Selbstverständlich, Madam.«

Auf dem Gang begann er schrill zu pfeifen: »*I can't give you anything but love, baby.*«

Als er mit ihrem Koffer wiederkam, stand Julia vor dem Spiegel. Neugierig starrte er ihren Rücken an. Sie drehte sich um und lächelte ihm zu.

»Das Wechselgeld, Madam«, sagte er nüchtern und sah zur Seite.

Sie sagte, ihr sei sehr kalt, und wollte wissen, wie der Gasofen funktionierte. Der junge Mann erklärte, daß man einen Penny in den Automaten einwerfen müsse, und bot ihr an, für einen Schilling Pennys zu wechseln; eine weiteren Schilling nahm er als Trinkgeld an, lächelte zum ersten Mal und verließ das Zimmer.

Sie wandte sich um und sah wieder in den Spiegel, seufzte und legte mit einer besorgten Geste die Hand an die Stirn. Dann öffnete sie den Koffer, fand etwas zum Schreiben und begann:

Mein lieber Neil,

könntest Du an diese Adresse schreiben und mich wissen lassen, wann ich Dich sehen kann? Oder könntest Du mich anrufen? Ich bin sehr gespannt darauf, von Dir zu hören. Ich hoffe, es stört Dich nicht, daß ich Dir schreibe. Hoffentlich denkst Du nicht, ich sei ein lästiges Gespenst.

Sie setzte ihren Namen darunter, schrieb »W. Neil James, Esq.« auf einen Umschlag, zögerte einen Augenblick und fügte dann die Adresse eines Clubs hinzu.

Eine Kirchenuhr schlug die volle Stunde. Mit einem Mal fühlte sie sich nicht mehr fremd. Ihr schien, als habe sich ihr Leben im Kreis bewegt. Als sei es ihr vorherbestimmt gewesen, war sie zu ihrem Ausgangspunkt zurückgekehrt, in dieses kleine möblierte Zimmer in Bloomsbury, das jenem anderen kleinen Zimmer in Bloomsbury zum Verwechseln ähnlich sah, aus dem sie vor fast zehn Jahren fortgegangen war. Und selbst die Kirchenuhr, die jede Viertelstunde so aggressiv und melancholisch schlug, war dieselbe, die sie damals gehört hatte.

Vielleicht waren die letzten zehn Jahre ein Traum gewesen; vielleicht war das Leben, das sich für die übrige Welt weiterbewegt hatte, für sie wie durch ein Wunder stehengeblieben.

2

Der kleine alte Mann mit der Melone, der Veilchen verkaufte, stand an der Ecke des Woburn Square, als sie am nächsten Morgen vorbeikam. Während sie noch ein Stück von ihm entfernt war, war der Gedanke, er könnte sie erkennen, ihr halb angenehm und halb peinlich. Sie blieb stehen und kaufte ein paar Blumen. Es war noch genau derselbe Mann, höchstens eingeschrumpft unter den vielen Schichten seiner schmutzigen Kleider. Die hellblauen Augen, die wie Glasstückchen aussahen, blickten sie kalt an. Er wandte den Kopf ab und rief wieder mit dünner, schwacher Stimme: »Veilchen, meine Dame, Veilchen.«

Sie ging durch den Nebel weiter zur Tottenham Court Road. Die Häuser und die Passanten wirkten entrückt und schemenhaft. Es gab nur grauen Nebel, mit gelben Lichtern durchsetzt, und seinen kalten Hauch auf ihrem Gesicht und ihren eigenen Geist, der ihr aus dem Nebel entgegenkam.

Der Geist war dünn und wirkte geschäftig. Er trug einen langen, sehr enganliegenden karierten Rock, einen kurzen dunkelblauen Mantel und einen Strauß Veilchen, den er bei dem alten Mann vom Woburn Square gekauft hatte. Er trieb ihr entgegen und ging im Nebel an ihr vorbei. Und sie hatte das Gefühl, er blicke sie, wie der alte Mann, kalt an, ohne sie zu erkennen.

Das Kino auf der rechten Seite... Sie erinnerte sich, daß sie einmal mit einem kleinen Belgier dort gewesen war, als man gezeigt hatte, wie irgendeine belgische Stadt bombardiert wurde. Und der kleine Belgier hatte geweint.

Während des Krieges ... Du meine Güte, war das eine irre Zeit gewesen! Die verrückten Dinge, die man damals tat – und nicht nur man selber, alle anderen auch. Eine irre Zeit. Eine verrückte, sorglose Zeit.

Ein überschwengliches Gefühl überkam sie, so, als sei sie wieder jung.

Sie überquerte die Oxford Street und bog in die Charing Cross Road ein. Doch in Soho verlor sie die Orientierung, und plötzlich verschwand ihr Hochgefühl. Sie stellte sich vor, daß sie wahrscheinlich idiotisch wirkte, wie sie so ziellos durch die Gegend irrte. Sie fand wieder zurück zur Oxford Steet und ging ins Lyon's.

Eine Kapelle erfüllte den riesigen Raum mit ohrenbetäubender Marschmusik. Grandios ...

An dem Tisch, an dem sie Platz nahm, saßen zwei ziemlich mitgenommen aussehende Frauen mit naiven Kinderaugen und aßen eine Leberpastete. Die eine sagte zu der anderen: »Das Lokal ist wirklich fabelhaft, das kann man nicht anders sagen.«

Ihre Begleiterin teilte diese Ansicht und sagte, sie finde die Damentoilette sehr nobel – alles in schwarzem und weißem Marmor.

Die beiden Frauen brachen bald auf. Sie lösten sich gewissermaßen in Nichts auf, und an ihren Platz setzte sich ein kleiner Mann, der plötzlich zu essen aufhörte, einen Schrei ausstieß, seine Rechnung schnappte und wegstürzte.

»Ihr Bekannter hat seinen Hut vergessen«, sagte die Kellnerin freundlich.

»Ach wirklich?« sagte Julia. Sie begann ihr Handschuhe anzuziehen.

Als sie aufsah, saß der kleine Mann wieder ihr gegenüber. Aufgeregt sagte er: »Eine höchst erstaunliche Sache! Ich habe gerade einen Mann gesehen, von dem ich dachte, er sei tot. Also, das ist wirklich erstaunlich. So etwas passiert einem nicht alle Tage, finden Sie nicht? Ein Mann, von dem ich geglaubt hatte, er sei bei dem Erdbeben in Japan umgekommen.«

»Hat es Sie gefreut, ihn zu sehen?« fragte Julia.

»Ob es mich gefreut hat?« wiederholte der kleine Mann vorsichtig. »Nun, ich weiß nicht. Aber es hat mich einigermaßen erschreckt, das muß ich schon sagen.«

Als Julia den Tisch verließ, unterhielt er sich weiter mit der Kellnerin, die schnalzende Laute der Zustimmung mit der Zunge machte.

Es war jetzt drei Uhr, und vor jedem Kino rief ein großer Türsteher: »Plätze frei! Plätze zu einem Shilling zwei Pence. Jede Menge Plätze frei.«

Unentschlossen wirkende Leute zögerten einen Augenblick, strömten dann hinein und nahmen im Dunkeln Platz, um sich ›Heiße Sachen aus Paris‹ anzusehen. Die Mädchen waren selbstbewußt und hübsch, doch es war seltsam, wie viele der älteren Frauen grau und hoffnungslos wirkten, wie verschüchtert und gehetzt ihre Mienen. Sie sahen aus, als schämten sie sich ihrer selbst, als bäten sie die ganze Welt, keine Notiz davon zu nehmen oder es ihnen nicht zum Vorwurf zu machen, daß sie Frauen waren.

Als sie ins Hotel zurückkam, sagte ihr der Portier, oben auf dem Zimmer warte Miss Griffiths auf sie.

»Sie wartet schon seit einer halben Stunde«, sagte er.

Zweites Kapitel
Norah

Norah Griffiths war ein großes, dunkelhaariges Mädchen, kräftig gebaut, mit geradem Rücken.

»Hallo, Norah, meine Liebe«, sagte Julia.

»Hallo, Julia.«

Sie zögerten beide, dann beugten sie sich im selben Augenblick nach vorn, um sich zu küssen. Norah warf einen raschen, neugierigen Blick auf ihre Schwester. Dann setzte sie sich wieder hin, wirkte gelassen und so, als erwarte sie eine Erklärung. Beim Sitzen ließ sie Kopf und Arme hängen. Sie war blaß, ihre fest zusammengepreßten farblosen Lippen gaben ihr etwas Beharrliches. Sie schien müde.

Ihre Augen waren wie die von Julia, länglich und sanft. In den Winkeln zeigten sich bereits feine Falten. Sie trug ein blaßgrünes Kleid mit einer roten Blume am Revers. Doch das Kleid sah abgetragen aus, so daß die Blume armselig wirkte.

»Ich habe deinen Brief heute morgen bekommen, und ich dachte, ich komme am besten gleich«, sagte sie.

Sie hatte eine angenehme Stimme, eine Stimme mit einem warmen, weichen Klang. Das war seltsam, denn ihr Gesicht wirkte kalt, als wären Wärme und Weichheit in ihr erstorben.

Julia war sehr nervös und machte sich im Zimmer zu schaffen. Sie nahm den Hut ab, puderte sich das Gesicht, legte Lippenstift auf. Norah verfolgte jede ihrer Bewegungen mit einem Ausdruck der Neugierde.

Julia setzte sich auf das Bett und begann: »Ich habe mich ganz plötzlich entschlossen, herzukommen.«

Dann hielt sie inne. ›Wenn ein Auto hupt, bevor ich auf drei gezählt habe, tu ich dies, wenn nicht, tu ich jenes ...‹ Zu wissen, daß dies die einzige vernünftige Art war zu leben, war eines; es jemanden anderem – besonders Norah – erklären und es auch noch rechtfertigen zu müssen, war etwas ganz anderes.

Norah fragte: »Bleibst du für lange?«

»Ich weiß nicht.«

Dann entstand eine Stille, wie wenn Reisende in einem Eisenbahnabteil eine Unterhaltung angefangen haben, die dann aus Mangel an Gesprächsstoff erstirbt.

Julia fragte, wie es der Mutter gehe, und Norah antwortete, daß sich ihr Zustand kaum verändert habe. »Der Arzt sagt, sie wird schwächer, aber ich selbst kann keinen Unterschied sehen.«

»Wann kann ich sie besuchen?«

»Sie wird dich nicht erkennen«, sagte Norah. »Das ist dir doch klar, oder? Sie erkennt niemand. Trotzdem, komm, wann immer du magst. Komm morgen nachmittag.«

»Der Gedanke ist nicht auszuhalten«, sagte Julia kläglich.

Seit Jahren war sie an die Vorstellung gewöhnt, daß ihre Mutter bettlägerig war, gelähmt und im Grunde bereits tot. Doch als Norah in diesem unerbittlichen, sachlichen Ton sagte: »Sie erkennt niemand«, legte sich ein kaltes Gewicht auf ihr Herz und erdrückte es.

Norah stimmte zu. »Der Gedanke daran, wie Menschen sterben, ist nicht auszuhalten.«

Julia sagte: »Der Stuhl da ist schrecklich unbequem. Warum setzt du dich nicht neben mich auf das Bett, und wir reden miteinander?«

Sie machte eine unbeholfene Bewegung. Ihr Eifer machte sie unbeholfen. Sie hatte sich nach irgendeinem Zeichen der Zuneigung oder zumindest der Anteilnahme gesehnt, doch Norah sah sie immer noch an, als sei sie ein Tier aus dem Zoo. Wie als Reaktion darauf empfand auch sie Gleichgültigkeit, und zur gleichen Zeit tat es ihr weh, und die Kehle schnürte sich ihr zusammen.

Sie wollte sagen: ›Erinnerst du dich an den Tag, als ich

meine Schuhe und Strümpfe auszog, weil wir im Wasser planschten, und wie ich dich getragen habe, weil die Kieselsteine deine Füße verletzten? Ich jedenfalls hab' diesen Tag nie vergessen.‹

»Ich kann nicht sehr lange bleiben«, sagte Norah, ohne sich zu rühren, »denn ich bin auf dem Weg zu Onkel Griffiths. Er ist gerade in London, und er lädt mich jedesmal, wenn er kommt, zum Tee ein.«

»Ach wirklich?« sagte Julia. »Wie nett von ihm!«

Norah sagte ruhig: »Ja, das finde ich auch.«

Als sie Julias Brief gelesen hatte, hatte sie gesagt: »Du errätst nie, wer wieder aufgetaucht ist ... Also, ich glaube, ich sollte bei ihr vorbeigehen.« Sie war neugierig, sogar erfreut. Denn etwas Neues war immerhin etwas Neues – ein bißchen Aufregung, um die Eintönigkeit zu unterbrechen.

Doch nun war ihre ganze Neugier verschwunden, und sie wollte nur noch weg. Im ersten Augenblick hatte Julias Anblick sie betroffen gemacht, denn ihr schien, ihre Schwester habe sich in den vergangen drei Jahren eindeutig nicht zu ihrem Vorteil verändert.

Sie dachte: ›Jetzt sieht sie nicht einmal mehr wie eine Dame aus. Was mag sie bloß mit sich angestellt haben?‹

Wo Norah hingehörte, war unschwer zu erkennen. Man sah es ihr an: Mittelschicht, kein Geld. Es reichte kaum für saubere Wäsche. Und doch war sie peinlich sauber, ja hartnäckig um Sauberkeit bemüht, bloß daß zwangsläufig nichts Anmutiges und Hübsches mehr übrigblieb. Alles an ihr verriet die Frau, die zu bestimmten Neigungen erzogen worden war und dann nicht das Geld hatte, sie zu befriedigen; der bestimmte Überzeugungen eingeimpft worden waren, die es ihr nicht einmal erlaubten, in der Auflehnung gegen ihr Schicksal Trost zu finden; und die dennoch verzweifelt an ihren Neigungen wie an ihren Überzeugungen festhielt.

Sie machte nicht den schüchternen oder gedrückten Eindruck wie so viele Frauen ihrer Art. Ihr Gesicht war verschlossen und ruhig, und etwas Heftiges verbarg sich hinter dieser Ruhe.

Sie sagte: »Also, ich fürchte, ich muß jetzt gehen. Um welche Zeit willst du morgen vorbeikommen?«

»Sieh mal, Norah«, sagte Julia, »ich will dich wirklich nicht belästigen, aber ich bin mit wenig Geld hergekommen. Ich habe kaum mehr als ein Pfund in der Tasche. Ich werde nicht viel länger in dem Hotel hier bleiben können.«

Norah machte große Augen und sagte kalt: »Ich habe acht Pfund, das muß für einen Monat reichen, und der Arzt kommt fast jeden Tag. Rechne doch selber nach.«

»Ich weiß«, sagte Julia eifrig, »ich weiß. Du sollst mir ja auch kein Geld leihen. Ich weiß ganz genau, daß du das nicht kannst. Ich dachte bloß, daß du mich für ein paar Tage bei dir wohnen lassen könntest, bis ich Antwort von einem Mann bekomme, an den ich geschrieben habe.«

Norahs Gesichtsausdruck irritierte sie, und sie fuhr fort, mit erhobener Stimme: »In ungefähr einer Woche habe ich alles geregelt. Es kann ja sein, daß er nicht da ist. Möglicherweise wird er nicht sofort antworten.«

»Es tut mir schrecklich leid«, erwiderte Norah kühl, »aber ich habe eine Freundin zu Besuch – Miss Wyatt, sie ist gelernte Krankenschwester. Ich kann sie nicht von heute auf morgen raussetzen, oder? Und sonst gibt es in der Wohnung nicht das kleinste bißchen Platz mehr.«

»Oh, ich verstehe«, sagte Julia. Sie seufzte. Sie streckte die Beine aus und legte den Kopf auf das Kissen. »Na gut. Draußen ist ein Licht. Vergiß nicht, es anzumachen, wenn du rausgehst, damit du nicht die Treppe hinunterfällst.«

»Ja, aber sieh doch, das ist vollkommen absurd«, sagte Norah gereizt. »Du hast seit Jahren praktisch nichts mehr mit uns zu tun gehabt – und du siehst auch nicht aus, als hättest du Hunger gelitten.«

Julia antwortete nicht.

»Wer ist denn besser angezogen – du oder ich?« sagte Norah. Ihre Augen blickten auf einmal böse.

Julia brach in lautes Gelächter aus und sagte: »Ja, und weißt du auch, warum? Kurz vor meiner Abreise habe ich sechshundert Francs für Kleider ausgegeben, weil ich dachte, wenn ich zu schäbig daherkäme, würdet ihr euch alle meinetwegen schämen und mir die kalte Schulter zeigen. Natürlich wollte ich nicht riskieren, daß es dazu kommt, oder?«

»Du bist schon ein merkwürdiges Geschöpf«, sagte Norah.

Etwas in ihrer Stimme versetzte Julia in Wut; ziemlich zusammenhanglos begann sie sich zu wehren: »Was hast du denn nur? Was wirfst du mir eigentlich vor?«

»Ich werfe dir doch gar nichts vor«, sagte Norah. »Ich glaube nicht, daß das, was du tust, mich irgend etwas angeht. Im übrigen habe ich es mir längst abgewöhnt, irgend jemand etwas vorzuwerfen. O ja, darüber bin ich längst hinaus, glaub mir ... Ich habe bloß gesagt, daß ich es für äußerst merkwürdig halte, daß du plötzlich hier auftauchst und mich sehen willst und erwartest, daß ich Geld für dich auftreibe.«

»O Gott!« sagte Julia laut. »Aber es war doch nicht Geld, was ich haben wollte.«

Mit völlig veränderter Stimme fuhr sie dann fort: »Na ja, es spielt so oder so keine Rolle.«

Als Norah an der Tür stand, spürte sie einen Anflug von Reue. Sie sah sich um und sagte: »Das Zimmer ist wirklich scheußlich. Warum in aller Welt gehst du in so ein Hotel?«

»Ja, sieh's dir an«, sagte Julia. Plötzlich war sie bitter. »Sieh dir die schmutzigen Vorhänge an. Meine Güte, Ausländer müssen einen schönen Eindruck von London bekommen – wenn sie in einem Hotel wie dem hier absteigen. Kein Wunder, daß sie es meiden wie die Pest.«

Norah antwortete nicht, denn was für eine Meinung Ausländer von London haben mochten, war ihr vollkommen einerlei. Sie sagte: »Warum gehst du nicht in eine Pension?«

Dann fügte sie hinzu, bloß um irgend etwas zu sagen: »Onkel Griffiths logiert in einer ungeheuer gemütlichen Pension in Bayswater.«

»Ach ja?« sagte Julia. »Wie ist die Adresse?«

Norah sagte sie ihr. Dann fiel ihr ein: ›Sie wird doch um Himmels willen nicht zu ihm gehen und ihn um Geld bitten!‹ Und mißtrauisch fügte sie hinzu: »Warum fragst du?«

»Oh, nur so«, sagte Julia. »Also ... Ich komme morgen vorbei.«

»Ist gut. Auf Wiedersehen«, sagte Norah.

»Auf Wiedersehen.«

2

›Nun ja, vermutlich habe auch ich mich verändert‹, dachte Julia. ›Vermutlich sehe auch ich viel älter aus.‹

Sie begann sich vorzustellen, wie sie aussehen würde, wenn sie alt, sehr alt und einsam wäre, und wurde von Melancholie und von einem Entsetzen erfüllt, das wie eine kalte Dusche wirkte, zuerst betäubend und dann belebend. Sie zündete sich eine Zigarette an und begann im Zimmer auf und ab zu gehen.

Sie hatte das Gefühl der Gleichgültigkeit gegenüber ihrem Schicksal verloren, das sie in Paris so lange aufrechtgehalten hatte. Sie wußte, daß sie bereit war, zu kämpfen, sich zu drehen und zu winden, skrupellos und schlau zu sein wie alle Schwachen, wenn sie gegen die Starken ums Überleben kämpfen.

Natürlich, man konnte sagen, was man wollte: London war ein kalter und bedrückender Ort, wenn man so abgebrannt wie sie nach zehn Jahren hierher zurückkam. Sie sagte sich, daß es letztlich keine schlechte Idee war, in eine Pension zu gehen. Dort würde sie eine Woche lang Unterkunft und Verpflegung bekommen, ohne sich Gedanken machen zu müssen.

Ängstlich überschlug sie, was sie wohl brauchen würde, und fand, mit ein paar weiteren Pfund würde sie fürs erste auskommen.

Es kam nur darauf an, daß sie die Ruhe bewahrte und alles Menschenmögliche versuchte.

Sie fand Mr. Horsfields Visitenkarte in ihrer Handtasche.

Am Telefon wurde sie sehr nervös, Mr. Horsfield konnte nicht verstehen, was sie sagte, und das machte sie noch nervöser. Der Mann am Eingang sah zu ihr hinüber. Julia fixierte ihn mit einem kühlen, trotzigen Blick.

»Ach ja« sagte Mr. Horsfield. »Doch, doch ... Selbstverständlich ...«

Dann entstand eine lange Pause, während er versuchte, zu einem Entschluß zu kommen. Dabei dachte er: ›Diese Frau! Wahrscheinlich habe ich ihr meine Adresse gegeben. Das hat ja nicht lange gedauert, bis sie auftauchte.‹ Er wünschte, er könnte sich deutlicher erinnern, wie sie aussah. Dann überließ er sich, wie es ihm immer passierte, einer Eingebung des Augenblicks.

»Hallo«, sagte er. »Sind Sie noch da?«

»Ja«, sagte Julia.

Als er sie fragte, ob sie mit ihm abendessen wolle, antwortete sie »ja« und lächelte ins Telefon.

»Wo wohnen Sie?« sagte er. »Ich hole Sie gegen acht Uhr ab, wenn es Ihnen recht ist.«

Sie nannte ihm ihre Adresse und hängte den Hörer ein. Es war kurz nach vier Uhr.

Drittes Kapitel
Onkel Griffiths

Julias Onkel Griffiths zog sich zum Abendessen um, als der Page klopfte und ihm mitteilte, unten sei eine Dame, die ihn zu sprechen wünsche. Das Gesicht des Jungen war ernst, doch seine Stimme hörte sich irgendwie an, als grinste er innerlich.

»Eine Dame?« sagte Mr. Griffiths, und seine Stimme klang beunruhigt und verärgert, als hätte er gesagt: »Ein Zebra? Eine Giraffe?«

Er war ungefähr fünfundsechzig Jahre alt und sah gut zehn Jahre jünger aus. Sein Kopf war gedrungen, das Gesicht breit, fast faltenlos, rot – doch von keiner ungesunden Röte. Sein Haar war weiß. Seine Augen waren blaßblau und kalt wie Steine.

Der Page sagte: »Ich habe der Dame erklärt, ich wüßte nicht genau, ob Sie da sind, Sir.«

Mr. Griffiths wandte sich zu seiner Frau um und sagte mit resignierter Stimme: »Das muß Julia sein.«

»Sagen Sie ihr, sie möge ein paar Minuten warten«, sagte er zu dem Jungen.

Julia wartete in einem großen hohen Raum, in dem eine Menge ausladender, chintzbezogener Sessel herumstanden. Zwei Frauen mittleren Alters saßen am offenen Kaminfeuer und unterhielten sich. Sie schienen sich wohl zu fühlen und wirkten schläfrig. Doch Julia saß außerhalb des geheiligten Bezirks der Wärme. Sie fror und hielt ihren Mantel oben am Hals zusammen. Der Mantel sah ordentlich aus, doch er war viel zu dünn. Aus diesem Grund hatte sie beim Kauf gezögert, doch die Frau in dem Gebrauchtwarenladen hatte sie überredet.

Sie dachte: ›Die allergrößte Dummheit, die ich je begangen habe, war, daß ich meinen Pelzmantel verkaufte.‹ Mit Bitterkeit erinnerte sie sich an den Mantel, den sie einmal besessen hatte. Es war die Art Pelz, die ewig hält, Astrachan, mit einem riesigen Skunkkragen. Sie hatte ihn zu der Zeit verkauft, als sie ihren Kampf mit Maître Legros auszufechten hatte.

Sie sagte sich, wenn sie nur soviel Verstand besessen hätte, wenigsten ein paar Dinge zu behalten, hätte diese Rückkehr nicht ganz so erniedrigend, nicht ganz so trostlos sein brauchen. Man überlegte es sich zweimal, bevor man grob zu jemandem wurde, der einen anständigen Pelzmantel trug; so ein Stück wirkte wie eine Tarnung.

Langsam bereute sie, daß sie gekommen war. Und trotzdem, warum hätte sie nicht kommen sollen? Onkel Griffiths schien sie immer gemocht zu haben. Einmal, als sie noch ein Kind war, hatte er gesagt, sie sei hübsch, und das hatte ihr gefallen. Damals war er für die Familie der Inbegriff des großen, mächtigen Mannes gewesen. Sie hatte keine deutliche Erinnerung an ihren Vater; er war gestorben, als sie sechs war und Norah ein kleines Kind von einem Jahr.

Onkel Griffiths kam herein, und sie stand erwartungsvoll auf. Er sagte: »Na, Julia« und streckte ihr eine steife, warnende Hand entgegen. »Kommst du mit hoch auf mein Zimmer, ja?«

Auf der Treppe sagte er: »Da unten kann man sich schlecht unterhalten; die Leute horchen auf jedes Wort, das man sagt.«

Er ergriff ihren Oberarm, um sie durch den Gang zu führen.

»O ja, sehr gut – wirklich sehr gut«, antwortete sie auf seine Frage und lächelte dabei immer noch mechanisch.

Im Zimmer stellte er Julia seiner Frau vor, die freundlich sagte, sie wolle sie jetzt lieber allein lassen, damit sie reden könnten, nicht wahr?

Sie war seine zweite Frau. Er hatte sie in einem kleinen Hotel in Burnham-on-Crouch kennengelernt und sie geheiratet, ohne irgend etwas über sie zu wissen. Es war die einzige spontane Handlung seines Lebens gewesen, und er hatte sie nie bereut.

»Setz dich«, sagte Onkel Griffiths.

Julia setzte sich. Onkel Griffiths stand mit dem Rücken zum Kamin, kaute an seinem weißen Schnurrbart und sah sie unverwandt an. Er wirkte neugierig, doch zugleich vorsichtig – auch leicht amüsiert, als dächte er: ›Was hast du bloß getrieben? Natürlich weiß ich, was du getrieben hast.‹

Auf Julia machte er einen soliden, kraftvollen Eindruck, und sie empfand ein großes Bedürfnis, ihm zu gefallen, ihn dazu zu bringen, daß er sie freundlich ansah.

Onkel Griffiths räusperte sich und sagte: »Ich war sehr überrascht, von Norah zu hören, daß du in London bist, Julia. Ich habe geglaubt, du seist ganz seßhaft geworden in – wo war es gleich?«

Julia sagte, daß sie in Paris gelebt habe.

»Ach ja«, sagte Onkel Griffiths. »In Paris also?«

Alle Möbel im Raum waren dunkel, von einer beruhigenden, undurchdringlichen Dunkelheit; und düstere Vorhänge hingen vor den Fenstern. Die schmalen hohen Flammen im Kamin loderten aus einer nahezu kompakten Masse von Kohlen hervor.

Sie sagte: »Ich bin am Donnerstag abgefahren. Es ist komisch, denn es kommt mir vor, als sei es viel länger her.«

»Ich verstehe«, sagte Onkel Griffiths. »Du hast dich also entschlossen, herzukommen und eine Stippvisite bei uns zu machen, nicht wahr?«

Doch die Frage war rein rhetorisch. Er hatte Julia eintaxiert. Nach dem, was Norah ihm gesagt hatte, und aufgrund seiner eigenen Beobachtung wußte er, daß sie sich in ein Schlamassel hineinmanövriert hatte und nun versuchte, etwas Geld aufzutreiben.

Sie sagte: »Ich weiß nicht, warum ich gekommen bin. Ein plötzlicher Einfall, glaube ich.«

»Du liebe Zeit«, sagte Onkel Griffiths. Seine Stimme

klang immer, als ob er durch geschlossene Zähne spräche. »Wenn ich du wäre«, fuhr er fort, »würde ich wieder zurückgehen. Die Lage hier ist gar nicht einfach, weißt du. Schwierig. Ja, ja – es sind schwierige Zeiten.«

Sie sagte: »Das glaube ich, aber weißt du, ich habe nicht einmal Geld, um zurückzugehen.«

Onkel Griffiths betrachtete sie ein paar Sekunden lang wortlos und sagte dann: »Weißt du, wo dein Mann ist?«

Julia sagte leise: »Es ist so ... Ich glaubte, du wüßtest ... Ich habe ihn verlassen. Ich weiß nicht, wo er jetzt ist. Er war völlig ruiniert, verstehst du.«

»Er war ein verdammt übler Bursche«, sagte Onkel Griffiths.

»Das war er nicht«, sagte Julia trotzig.

Es kam ihr so vor, als ob ihr wahres Selbst in Deckung gegangen sei, als ob sie sich irgendwohin weit weg zurückgezogen hätte und, wachsam sich duckend wie ein Tier, ihren Körper im Sessel beobachtete, wie er mit Onkel Griffiths über den Mann debattierte, den sie geliebt hatte.

»Was?« sagte Onkel Griffiths laut. »Er hat dich geheiratet und dich sitzenlassen, und dann erzählst du mir, daß er kein übler Bursche war?«

»Nicht *er* hat mich verlassen«, widersprach Julia. »*Ich* habe ihn verlassen.«

»Unsinn«, sagte Onkel Griffiths.

Er dachte: ›Warum soll ich mich eigentlich um diese Frau kümmern?‹ Doch ein vages Gefühl von Verantwortung veranlaßte ihn, weiter Fragen zu stellen.

Er sagte: »Ich denke, er hat einiges Geld gehabt. Er muß doch Geld gehabt haben, wenn ihr so durch die Welt gezogen seid. Warum hast du ihn nicht veranlaßt, etwas davon auf dich zu überschreiben?«

»Wenn er Geld hatte, gab er mir eine Menge«, sagte Julia. Leise fügte sie hinzu: »Er hat mir wunderschöne Sachen geschenkt – also wirklich wunderschöne Sachen.«

»So einen Unsinn habe ich in meinem Leben noch nicht gehört«, sagte Onkel Griffiths resolut.

Auf einmal verachtete Julia ihn wegen der Art, wie er das gesagt hatte. Sie dachte: ›Ich kenne dich. Ich wette, du hast nie für irgend jemand schöne Sachen gekauft. Ich wette, du hast in deinem ganzen Leben noch nie irgend jemand etwas Schönes geschenkt. Du würdest etwas Schönes nicht einmal erkennen, wenn du's sehen würdest.‹

Ihre Verachtung war so groß, daß ihre Nervosität sie verließ.

Ihr Onkel sagte, er werde mit ihr nicht streiten und er könne sich nicht vorstellen, was sie sich davon versprochen habe, daß sie nach England kam; er sei erstaunt gewesen, zu hören, daß sie da sei – erstaunt, da er angenommen hatte, sie habe irgendeine Arbeit in Paris oder sonstwo, und Arbeit sei in London nicht leicht zu finden. Er sagte, er habe überhaupt kein Geld, und wenn er welches hätte, würde er es nicht Julia geben, bestimmt nicht, sondern ihrer Schwester Norah, und Norah würde er gern helfen, denn sie sei ein ordentliches Mädchen, und sie verdiene es.

»Die Wahrheit ist aber, daß ich kein Geld habe, um es irgend jemand zu geben«, sagte er. »Wenn die Dinge sich nämlich so weiterentwickeln, weiß der Himmel, was dann aus mir werden wird.«

Ein kummervoller Ausdruck breitete sich auf seinem Gesicht aus, als er dachte, daß die Zeit kommen würde, in der er erst diese Annehmlichkeit und dann jene aufgeben müßte, und nur der liebe Gott wußte, wie das alles enden würde. Auf seine Art war er ein phantasievoller Mensch, und wenn ihn diese schlimmen Vorahnungen überkamen, vergaß er allen Ernstes, daß nur eine Folge von höchst unwahrscheinlichen Katastrophen ihn zu dem Elend verdammen können würde, das er so fürchtete.

Julia dachte, daß sie versuchen könnte, etwas zu verpfänden, und daß sie vergessen hatte, wo die Leihhäuser waren. Es gab eines in einer Seitenstraße in der Nähe des Leicester Square – hieß sie nicht Rupert Street? Sie hatten

Silber im Schaufenster. Aber was konnte sie schon verpfänden, das auch nur ein paar Shilling einbringen würde?

Onkel Griffiths redete noch immer: »Du hast zu allen Zeiten darauf bestanden, deinen eigenen Weg zu gehen. Niemand hat sich eingemischt oder sich über das geäußert, was du getan hast. Du hast deine Familie im Stich gelassen. Und wenn du jetzt zurückkommst, kannst du nicht erwarten, daß man dich mit offenen Armen empfängt.«

»Ja«, sagte sie. »Es war idiotisch von mir, daß ich gekommen bin. Wirklich, es war kindisch. Es ist kindisch, sich einzubilden, daß sich irgend jemand darum kümmert, was mit dem anderen passiert.«

Er lachte vor sich hin und sagte dann mit einer Miene, als verrate er ihr ein Geheimnis, und in einem Ton, der plötzlich offen und ehrlich war: »Natürlich, jeder ist sich selbst der Nächste. Das habe ich mein Leben lang immer wieder festgestellt. Du brauchst nicht zu murren, wenn du das auch herausfindest.«

Er setzte hinzu: »Ich will dir sagen, was ich tun werde. Ich gebe dir ein Pfund, als Beitrag zu deiner Rückreise nach Paris.«

Er holte seine Brieftasche hervor und händigte ihr eine Pfundnote aus. Sie nahm sie, steckte sie in ihre Tasche, stand dann sofort auf und sagte: »Gute Nacht.«

Nun, da das Gespräch vorbei war, wirkte Onkel Griffiths fröhlicher. Er antwortete: »Gute Nacht« und streckte freundlich seine Hand aus. Julia ging an ihm vorbei, ohne sie zu ergreifen; er steckte sie wieder in die Tasche und sagte: »Hör auf meinen Rat. Geh so schnell wie möglich wieder zurück nach Paris.«

2

Julia war etwas durcheinander, als sie auf die Straße trat. Sie ging los, ohne genau zu wissen, welche Richtung sie einschlug. Jedes Haus, an dem sie vorbeikam, sah genauso aus wie das vorige. Jedes Haus ragte etwas vor. Und vor jedem führte eine Treppe mit vier oder fünf Stufen zu einem kleinen Portikus, der von zwei klobigen Säulen getragen wurde.

Weiter unten, ganz am Ende der Straße, begann jemand, mit zittriger Stimme ein melancholisches Lied zu singen. Die Stimme klang schleppend und brüchig – und versagte. Dann hörte man plötzlich ein lautes, durchdringendes Geheul, wie von einem leidenden Tier. Das Geheul war aber nicht wütend oder bedrohlich; es hörte sich jämmerlich und unartikuliert an, wie die Klagelaute eines Tiers. Julia dachte: ›Sie könnten die Straße hier ruhig ein bißchen besser beleuchten.‹

Es war die Dunkelheit, die Besitz von einem ergriff. Es war eine undurchdringliche Dunkelheit, klebrig und ausweglos. Sie errichtete Mauern um einen herum und sperrte einen ein, so daß man das Gefühl hatte, man bekomme keine Luft mehr. Man wollte auf die Dunkelheit einschlagen und schreien, daß man heraus wolle. Und nach einer Weile gewöhnte man sich daran. Natürlich. Und dann konnte man sich nicht mehr vorstellen, daß es irgendwo etwas anderes gäbe.

Der Sänger – eine farblose, undeutliche Gestalt, die sich in die Nähe des Eingangs einer Bar gewagt hatte – fing zum zweitenmal an, den ›Pagan Love Song‹ zu singen.

Die Bushaltestelle war in der Nähe des Pubs.

Sie nahm den ersten Bus, der in Richtung Oxford Circus fuhr, stieg aufs Oberdeck und blieb mit geschlossenen Augen sitzen.

Viertes Kapitel
Café Monico

Mr. Horsfield erwartete sie. Julia ging auf ihn zu und sagte: »Ich fürchte, ich habe mich verspätet.«

»Keineswegs.«

Ohne zu lächeln gab er ihr die Hand und blickte dann sofort von ihr weg; sein Gesicht nahm einen Ausdruck distanzierter Höflichkeit an.

Als sie dann auf der Straße auf ein Taxi warteten, sah er sie kühl von der Seite an. Ein Gefühl der Einsamkeit überkam sie. Sie dachte, etwas im Ausdruck der Augen eines Menschen, der einen Fremden beobachtete, gebe den Betrachter auf schreckliche Weise preis.

Sie stiegen in das Taxi.

»Mein Gott«, murmelte sie, »was ist das für ein Leben! Was für ein Leben!«

»Ich nehme an, London deprimiert Sie«, sagte Mr. Horsfield. »Es ist etwas düster, wenn man hierher zurückkommt.«

Es entstand eine Pause. Dann fragte er: »Mögen Sie Sherry? Ich hoffe sehr, denn der Sherry ist in dem Lokal, in das wir gehen, recht gut.«

2

Er wirkte sehr ordentlich und sehr korrekt. Er wirkte so, als gehöre er zu der Sorte von Leuten, die sich nie preisgibt und andere verachtet, die das tun; die sie verachtet und vielleicht ausnutzt. Er würde denken: ›Armer Teufel.‹ Ja, er würde vielleicht sogar so denken, doch der arme Teufel bliebe nichts als ein armer Teufel, über den man Theorien anstellte, den man aber nie zu verstehen versuchte.

Julia dachte: ›Man hat ihm beigebracht, sich nie preiszugeben. Vielleicht ist's ihm schwergefallen, es zu lernen, aber jetzt kann er seine Lektion.‹

Er war hohlwangig. Seine Mundwinkel hingen nach unten – nicht mürrisch, sondern traurig. Er wirkte ziemlich resigniert, bis man an seinen Augen merkte, daß er doch noch nicht ganz resigniert hatte.

Er sagte: »Mögen Sie den Sherry?«

»Nein, nicht besonders.«

»Dann probieren wir es mit etwas anderem.«

Sie saßen an einem Tisch in der Nähe des Fensters und wurden von einem großen, dicken, bleichen Franzosen mit Bourbonennase bedient, der so aufgeblasen und anmaßend war, daß er fast platzte. Sein fettes weißen Gesicht und seine kleinen, verächtlichen Augen reizten Julia. Sie hätte sich gern umgedreht und ihm eine Grobheit gesagt. Nur ein Wort – ein einziges kleines Wort –, um den Ausdruck in seinem Gesicht zu sehen, wenn sie es sagte.

Das Essen und der rosige Schein der Lampen heiterten sie auf. Sie begann sich weit weg zu fühlen, und sie vergaß den Kellner.

Mr. Horsfield unterhielt sich höflich mit ihr. Er versuchte herauszufinden, was von ihm erwartet wurde, doch sie antwortete ihm einsilbig, unbestimmt und gedankenverloren.

Sie wollte ihn fesseln und bezaubern. Noch erkannte sie, daß es höchst wichtig sein könnte, daß sie ihn fesselte und bezauberte. Doch sie konnte dem traumähnlichen Gefühl nicht widerstehen, das sie eingehüllt hatte und bewirkte, daß seine Worte unwirklich und in fast lächerlicher Weise unwichtig schienen.

Als sie beim Kaffee waren, sagte sie: »Mein Hotel ist grauenhaft. Ich kann es nicht ausstehen.«

»Das wundert mich nicht«, sagte Mr. Horsfield. »Warum haben Sie sich dort einquartiert?«

Julia erklärte: »Der Taxichauffeur hat mich hingebracht. Ich habe zu ihm gesagt: ›Bringen Sie mich zu einem ruhigen, nicht zu teuren Hotel in Bloomsbury.‹ Denn sehen Sie, ich hatte Angst, nach einem Hotel suchen zu müssen, und ich erinnerte mich nicht mehr, wohin ich gehen könnte. Er hat mich irgendwie gemustert, und dann brachte er mich dorthin.«

Mr. Horsfield sagte: »Ich werde Ihnen ein besseres Hotel besorgen.« Er fragte: »Ich nehme an, Sie haben sich entschlossen, für einige Zeit hierzubleiben?«

»Ich weiß nicht«, sagte Julia. »Ich habe keine Ahnung. Ich weiß es nicht.« Und dann erinnerte sie sich noch einmal, daß sie, als sie ihn anrief, vorgehabt hatte, ihm ihre Lage zu erklären und ihn um Hilfe zu bitten.

Sie merkte mit Schrecken, daß sie fast fertig mit Essen waren. Sie dachte: ›Wenn ich's überhaupt tue, dann muß ich es jetzt tun.‹

Sie fühlte sich nervös und fröstelte.

»Mir ist schrecklich kalt«, sagte sie.

Es war dumm, daß man sich noch immer nervös fühlte und fröstelte, so wie sie es tat, auch wenn man so etwas schon hundertmal gemacht hatte.

Mr. Horsfield starrte sie an und sagte: »Was ist los? Geht es Ihnen schlecht?« Er dachte: ›Schließlich sind fünfzehnhundert Francs nicht viel. Sich vorzustellen, man wäre ausschließlich auf fünfzehnhundert Francs angewiesen!‹ Und dann dachte er: ›Du lieber Gott, hoffentlich fängt sie nicht an zu weinen.‹

Er sagte: »Hören Sie, lassen Sie uns woanders hingehen und reden. Sagen Sie jetzt nichts. Wir gehen woanders hin, um zu reden.«

Sie sagte – und sprach dabei ganz schnell –: »Sie haben mich überrascht, weil die Leute einen fast immer zwingen, zu bitten, oder nicht?«

»Doch«, sagte Mr. Horsfield.

Ihr Gesicht war rot. Sie redete zornig weiter: »Sie zwingen einen, zu bitten – und dann schlagen sie einem die Bitte ab. Und dann erzählen sie einem genau, weshalb sie sie abschlagen. Vermutlich empfinden sie dabei ein subtiles Vergnügen, oder so etwas Ähnliches.«

Mr. Horsfield sagte: »Subtiles Vergnügen? Ganz und gar nicht. Ein sehr simples und primitives Vergnügen.«

»Es ist so leicht, jemand, der gar nichts hat, ins Unrecht zu setzen.«

»Ja«, sagte er. »Ich weiß. Das ist mir ein- oder zweimal aufgegangen, so erstaunlich das scheinen mag. Es ist immer so verdammt leicht, jemand zu verachten, der schlimm dran ist, wenn man selbst so gut dasteht wie ein Haus ... Trinken Sie noch einen Likör!«

Doch er war erleichtert, als sie ablehnte, da er fürchtete, daß sie schon jetzt einen ziemlich betrunkenen Eindruck machte. Er beobachtete sie besorgt und fühlte sich mit einem Mal sehr vertraut mit ihr. Und er haßte das Gefühl der Vertrautheit. Es bewirkte, daß er zurückschreckte und flüchten wollte.

Sie puderte sich auf ihre unvermeidliche geistesabwesende Art das Gesicht. Sie sah glücklicher aus und erleichtert. Natürlich deshalb, weil sie sich vorstellte, sie könne nun ihre ganzen Nöte auf seinen Schultern abladen. Alles recht und schön, dachte er, aber er hatte seine eigenen Sorgen.

3

Als er ihren Arm nahm, um sie über die Regent Street zu führen, berührte er sie so zurückhaltend wie möglich. Sie wandten sich nach rechts und gingen ziellos weiter.

Julia dachte: ›Diese Stadt sagt einem fortwährend: Beschaff dir Geld, beschaff dir Geld, beschaff dir Geld, oder du gehst unter. So wie einem Paris sagt, vergiß, vergiß und laß dich gehen.‹

Mr. Horsfield sagte aufs Geratewohl: »Also, wo wollen wir hingehen?«

»Ach, ein Lokal ist so gut wie das andere, finden Sie nicht?«

Sie kamen am Café Monico vorbei. Sie ging hinein, und er folgte ihr. Als sie sich gesetzt hatten, sagte sie: »Ich kann es nicht ausstehen, einfach so herumzuwandern. Macht es Ihnen was aus? Ich fühle mich dabei schrecklich elend.«

Dann sagte sie, sie würde gern einen Cognac trinken. Mr. Horsfield bestellte einen Cognac und einen Whisky und sah zu, wie sie trank.

Sie sah älter aus und nicht so hübsch wie in Paris. Ihr Mund und ihre Augenlider hingen müde nach unten. Eine kleine blaue Ader trat unterhalb ihres rechten Auges hervor. Irgendwie kam das nicht von ungefähr, man konnte sagen, was man wollte.

Die leisen Spuren von Alter und Überdruß in ihrem Gesicht faszinierten Mr. Horsfield. Es war merkwürdig, Mutmaßungen über das Leben einer solchen Frau anzustellen und sich zu fragen, wie sie sich selbst sah – zum Beispiel, wenn sie in den Spiegel blickte. Denn natürlich mußte sie ein paar hochfliegende Illusionen über sich selbst haben, sonst würde sie nicht weiterleben können. Fand sie sich noch immer jung und schlank, fähig zu allem? Glaubte sie, obwohl alle um sie her älter wurden, daß sie, durch irgendein Wunder, unverändert bliebe? Vielleicht war ihr aber auch alles völlig gleichgültig ...

Seine Gedanken schweiften ab, und unvermittelt spürte er einen Anflug von Ärger. Man sollte nicht auffällig wirken; man sollte sich die Mühe machen, so auszusehen und sich so zu benehmen wie alle anderen Leute. Und wenn man es nicht tat, grub man sich das eigene Grab.

Er sagte förmlich: »Was ich sagen wollte – wenn es irgend etwas gibt, was ich tun kann, um Ihnen zu helfen ...«

Sie holte ihre kleine Puderdose hervor, öffnete sie und sah sich im Spiegel an. Ungeduldig fuhr er fort: »Wenn Sie bloß aufhören würden, sich über Ihr Aussehen Sorgen zu machen, und mir sagen würden, was los ist!«

Sie sagte: »Sie haben mich so angestarrt, daß ich dachte, ich muß ziemlich wüst aussehen.«

Er schämte sich nicht wenig, aber andererseits sah er nicht ganz ein, warum er sich schämen sollte.

»Das hab' ich nicht so gemeint«, sagte er.

Sie sagte: »Oh, ich weiß, Sie sind einer von diesen netten Kerlen, für die England so berühmt ist, nicht wahr?«

»Ist England berühmt für nette Kerle?«

»Nun«, sagte sie nachdenklich, »das ist eigentlich genau das, wofür England nicht berühmt ist. Trotzdem, bilden Sie sich ruhig ein, es sei so. Was hat das mit mir zu tun?

Es geht mir eigentlich ganz gut«, fügte sie hinzu, mit einer Stimme, die plötzlich distanziert klang. »Ich hab' genug, um eine Weile damit auszukommen. Es hat einfach damit zu tun, daß ich letzte Nacht nicht schlafen konnte. Das Bett hat einen Buckel, genau in der Mitte.«

Dann begann sie zu prahlen – man konnte es nicht anders nennen – mit einem Mann, dem sie geschrieben hatte, wie sie sagte. Offenbar war er ihr Liebhaber gewesen. Er erinnerte sich, daß sie von dem Burschen gesprochen hatte, als er in Paris mit ihr zusammen war.

Mr. Horsfield fing an, sich zu langweilen. Er dachte, jedenfalls sei ihre Eitelkeit noch lebendig. Er konnte sich nicht enthalten zu sagen: »Ich nehme an, Sie haben diverse Freunde in London, denen Sie schreiben können?«

»Ich bestimmt nicht«, sagte sie mit Nachdruck. »Ich würde keine Briefmarke an irgend jemand verschwenden, außer an diesen Mann.«

Dann nahm sie eine Schachtel mit Streichhölzern aus ihrer Tasche und beschäftigte sich damit, daß sie ein Streichholz nach dem anderen anzündete und zusah, wie sie herunterbrannten. Während sie das tat, sagte sie unvermittelt: »Es ist komisch, wie man etwas sagt und gleichzeitig an etwas ganz anderes denkt, nicht wahr?«

Mr. Horsfield stimmte zu.

»Ich muß jetzt zurück«, sagte sie. »Wirklich ... ich bin

ganz schön müde. Sie werden sehen, ich bin ganz anders, wenn ich eine Nacht richtig geschlafen habe.«

Mr. Horsfield zögerte. Sie schien ängstlich auf etwas zu warten. Er sagte: »Wollen Sie am nächsten Freitag mit mir essen gehen?«

»Ja, sehr gern. Ich werde in ein, zwei Tagen in ein anderes Hotel umziehen, aber ich schreibe Ihnen meine neue Adresse.«

Sie verließen das Café und stiegen in ein Taxi. Es kam ihm so vor, als lehne sie sich sehr eng an ihn an. Ihr Atem roch noch dem Cognac, den sie getrunken hatte. Er rückte zur Seite.

Dann nahm er ihre Hand, drückte sie und sagte: »Also dann, bis Freitag.«

Als das Taxi abrupt halten mußte, wurde sie gegen ihn geworfen. Ihr Körper fühlte sich weich und nachgiebig an.

»Entschuldigung«, sagte er steif.

4

Einigermaßen erleichtert stieg Mr. Horsfield aus dem Taxi. Als er Julia beim Abschied ansah, spürte er plötzlich ganz deutlich und mit Gewißheit, daß er ihr völlig gleichgültig war, daß sie ihn in dem Augenblick, in dem er wegging, vollkommen vergessen haben würde.

Er sagte: »Bis Freitag also. Gute Nacht ... Und vielleicht hilft Ihnen das für die nächste Zeit ...« Er drückte ihr eine gefaltete Pfundnote in die Hand.

Dann fuhr er zurück in seine Wohnung, die in einer kleinen dunklen Straße in der Nähe des Holland Parks lag. Fünf Zimmer über einem Stall, der zu einer Garage umgebaut worden war.

Direkt vor dem Eingang kauerte eine schwarz-weiße Katze. Als sie ihn sah, öffnete sie ihr Maul, schloß es wieder und miaute geräuschlos.

Mr. Horsfield sagte schmeichelnd: »Komm mit, Jones, hübscher Jones.« Der Kater stand auf, reckte sich langsam und folgte seinem Herrn mit erhobenem Schwanz in das Haus.

Fünftes Kapitel
Acton

Am nächsten Nachmittag fuhr Julia zur Wohnung in Acton, um ihre Mutter zu besuchen.

Ein Stück Papier, auf dem geschrieben stand: Ausser Betrieb – Bitte klopfen, war unterhalb der Klingel angeheftet. Nachdem sie zweimal geklopft hatte, öffnete sich die Tür, und ein ungefähr sechzehnjähriger Junge stand in dem dunklen Vorraum und starrte sie an.

»Ist Miss Griffiths da?«

»Zweiter Stock«, sagte der Junge. »Doch, doch, sie sind da; bei denen ist immer jemand da.«

Die Tür im zweiten Stock wurde von einer Frau mittleren Alters geöffnet. Ihr braunes Haar war ganz kurz geschnitten, aus der hohen schmalen Stirn gestrichen und eng an ihren sehr kleinen Kopf gekämmt. Ihre Nase war dünn und gekrümmt. Sie hatte kleine hellbraune Augen und wirkte resolut. Sie trug ein Kostüm aus grauem Flanell, eine Hemdbluse und eine Krawatte.

Sie sagte ohne zu lächeln: »Guten Tag, Julia. Kommen Sie rein.«

Julia folgte ihr ins Wohnzimmer.

»Ich heiße Wyatt«, sagte die Frau. »Ich nehme an, Norah hat Ihnen von mir erzählt. Sie wird gleich wieder da sein. Mögen Sie eine Tasse Tee?«

Ihre Stimme klang ungezwungen und sehr angenehm.

Julia wollte keinen Tee, setzte sich, schlug die Beine übereinander und starrte auf den Boden. Sie war zu nervös, um zu sprechen. Gleich würde sie ihre Mutter sehen; dennoch konnte sie sich die Begegnung noch immer nicht vorstellen. Wenn nun ihre Mutter wußte, wer sie war, und sie wiedererkannte und sie mit einem Wort oder einem Blick verbannte, so wie es alle andern getan hatten?

Sie empfand eine Art abergläubischer, irrationaler Gewißheit, daß es sie vollends erledigen würde, wenn dies geschehen sollte; es wäre ein definitives, letztes Urteil. Und doch ließ selbst das sie kalt. Sie konnte sich nicht vorstellen, daß es ihr etwas ausmachen würde.

»Kann ich gleich reingehen?« sagte sie.

»Sie schläft«, sagte Miss Wyatt. »Sie ist gerade eingeschlafen. Es ist besser, wenn Sie jetzt noch nicht reingehen. Norah wird gleich zurück sein.«

Eine offene Büchse mit Navy-Cut-Tabak und ein Päckchen Zigarettenpapier lagen auf dem Tisch neben Miss Wyatt. Sie drehte sich sehr schnell und geschickt eine Zigarette. Ihre Bewegungen waren wie die eines Mannes. Ihre Hände waren klein und dünn, doch derb, mit kurzen Fingern. Sie sagte: »Nehmen Sie eine Zigarette, Julia? Auf dem Tisch hinter Ihnen liegt eine Schachtel Marcovitch. Ich hab' sie für Norah gekauft – allerdings raucht sie kaum.«

Julia wollte sagen: ›Bitte drehen Sie mir eine. Ich hätte gerne eine.‹ Doch als ihr Blick Miss Wyatts Augen begegnete, wandte sie sich wortlos um, nahm eine Zigarette aus der Schachtel hinter sich und zündete sie an.

»Ich drehe mir immer meine eigenen«, sagte Miss Wyatt. »Es bleibt mir nichts anderes übrig; es ist billiger. Ich habe vor langer Zeit damit angefangen – als ich in Paris lebte. Ich erinnere mich, daß ich französischen Tabak nie ausstehen konnte.«

Julia sagte: »Ach ja?«

Es entstand eine lange Pause.

Dann fing Miss Wyatt an: »Zu meiner Zeit rauchte jeder diese algerischen Dinger.« Sie hob den Kopf, mit dem aufmerksamen Ausdruck eines Terriers. »Da kommt Norah.«

Norah kam herein und ging zum Kamin; sie nahm Hut und Mantel ab. Ihr Gesicht war von der Kälte gerötet. Sie schien nervös, als sei auch sie sich bewußt, daß es sich um einen feierlichen und dramatischen Augenblick handelte. Sie sagte: »Einen Moment. Ich geh' rein und seh' nach.«

Miss Wyatt blickte ins Feuer, ohne zu sprechen. Ihr Gesicht hatte einen strengen Ausdruck angenommen.

Dann rief Norah: »Komm jetzt rein.«

2

Juli starrte auf das Bett und sah den Körper ihrer Mutter – eine riesige, formlose Masse unter den Laken und Dekken – und das Gesicht ihrer Mutter, das sich von dem mit weißen Rüschen besetzten Kissen abhob. Dunkelhäutig, mit hohen Backenknochen und einer Adlernase. Ihr weißes Haar, immer noch lang und kräftig, war in zwei Zöpfe geflochten, die auf dem Bettuch lagen. Die eine Seite ihres Gesichts hing schlaff nach unten. Ihre Augen waren geschlossen. Sie atmete geräuschvoll, und bei jedem Atemzug blähte sich der eine Mundwinkel.

Und doch war sie seltsamerweise noch immer schön – wie ein sehr altes Tier.

Julia sagte: »Sie ist so viel schöner als wir beide.«

»Jeder, der sie besucht, sagt, wie gut sie aussieht«, sagte Norah. Stolz und Genugtuung klangen aus ihrer Stimme. »Möchtest du ein Weilchen hier sitzen bleiben? Ich geh' raus und unterhalte mich mit Wyatt.«

Das Schlafzimmer war weiß tapeziert und gemütlich. Es roch nach Desinfektionsmitteln und Kölnischwasser und Fäulnis.

Julia berührte die Hand ihrer Mutter, die auf der Bettdecke lag. Dann flüsterte sie ganz leise: »Liebes.« Sie sagte »Liebes« mit den Lippen, doch ihr Herz war tot.

Sie spürte nur, daß es sehr still im Zimmer war – still und weit weg von allem.

Vorhänge aus dickem grünen Stoff waren vor die Fenster gezogen, und gewundene kleine Flammen züngelten im Kamin. Draußen, ganz in der Ferne, bellte ein Hund,

und irgendwie gab ihr dies das Gefühl von Ruhe und Glück.

Was man so alles machte. Das Leben war wirklich vollkommen verrückt. Und hier war Ruhe – das Beste, was es auf der Welt gab.

Es kam ihr vor, als säße sie schon viele Jahre hier, und wenn sie hier sitzen bleiben könnte, würde sie viele wesentliche Dinge erfahren, die sie zuvor nur geahnt hatte.

Tonlos begann sie zu flüstern: »O Liebes, ich muß dir etwas erklären. Du mußt mir zuhören.«

Die Augen ihrer Mutter öffneten sich plötzlich und starrten nach oben. Julia beugte den Kopf tiefer zu ihr hinunter und sagte in verängstigtem, hoffnungsvollem Ton: »Ich bin Julia, weißt du? Julia ist da.«

Die kranke Frau blickte unverwandt auf ihre Tochter. Dann schien es, als verlösche ein Funke, und die Augen waren wieder blutunterlaufen, die Augen eines Tiers. Nichts lag in diesem Blick. Sie murmelte etwas mit belegter Stimme, wandte dann ihren Kopf ab und begann zu weinen, laut und untröstlich, wie ein Kind.

Julia hörte, wie sich die Tür des Wohnzimmers öffnete und Norah den Flur entlanggerannt kam.

»Was ist? Was ist los? Ist sie wach?«

»Sie ist plötzlich aufgewacht. Ich dachte, sie hätte mich einen Augenblick lang erkannt.«

»O nein, das glaub' ich kaum«, murmelte Norah. »Sie weint oft so.«

Sie holte ein Taschentuch unter dem Kopfkissen hervor, trocknete ihrer Mutter die Tränen und sagte in einem mechanischen Singsang: »Was gibt's, meine Liebe? Sag's mir. Möchtest du etwas? Drück meine Hand, wenn du irgend etwas möchtest... Ich denke, sie will nur, daß man sie umbettet.«

Als Julia ihr helfen wollte, antwortete sie: »Nein, das geht schon. Der Arzt hat mir gezeigt, wie man's macht.«

Sie zerrte an der reglosen Masse, brachte es fertig, den Kopf hochzuziehen, und schüttelte die Kissen auf. Die gelähmte Frau hörte auf zu weinen, schnaubte kurz und schloß die Augen.

»Sie ist wieder eingeschlafen«, flüsterte Norah. Sie atmete heftig. »Weißt du«, sagte sie, »sie ist ganz schön schwer.«

Gemeinsam standen sie am Fuß des Bettes.

»Aber ich glaube, sie hat mich erkannt«, insistierte Julia flüsternd. »Sie hat etwas gesagt.«

»Ach ja?«

»Ja, es klang wie ›Orangenbäume‹. Sie muß sich an die Zeit erinnert haben, als sie noch in Brasilien war.«

»Ach was?« sagte Norah. »Weißt du, neulich hat sie ›Droschkengaul‹ zu mir gesagt. Und ich habe mich auch genau wie ein armer alter Droschkengaul gefühlt, als sie das gesagt hat, so daß ich einfach lachen mußte.«

Sie lachte in einem hohen, hysterischen Ton. Julia lachte nervös mit. Doch nachdem sie einmal zu lachen begonnen hatte, merkte sie, daß sie unmöglich aufhören konnte, und sie lachte immer weiter, hielt sich am unteren Bettpfosten fest und starrte ihre Mutter an.

Dann sah sie, wie sich die schwarzen Augen ihrer Mutter wieder öffneten und sie ebenfalls anstarrten, mit einem Blick, in dem Wiedererkennen, Überraschung und Zorn lagen. Sie schien zu sagen: ›Bist du deshalb zurückgekommen? Bist du zurückgekommen, um mich auszulachen?‹

Julia schlug das Herz bis zum Halse.

Sie sagte: »Norah, sie erkennt mich. Ich bin sicher, daß sie mich erkennt.«

Wieder begann das Wimmern. Jetzt wurde es lauter. Es klang fast wie Hundegebell.

»Paß auf«, sagte Norah, »es ist besser, wenn du rausgehst und eine Weile nebenan wartest.«

»Glaubst du, ich bringe sie durcheinander?«

»Manchmal scheint jedes fremde Gesicht sie aus der Fassung zu bringen. Geh jetzt; es ist besser, wenn du gehst.«

Julia verließ das Zimmer und horchte auf Norahs besänftigende, gebieterische Stimme. »Nicht weinen, Liebes. Nicht weinen, mein Schatz. Also, was gibt's? Was hättest du gern?«

Es wurde dunkel...

3

Miss Wyatt war offenbar im Begriff wegzugehen. Sie trug einen Regenmantel. Sie sagte: »Richten Sie doch bitte Norah aus, daß ich vor neun Uhr zurück bin.«

»Ja«, sagte Julia. Und dann: »Glauben Sie, daß meine Mutter sehr leidet?«

»Der Arzt sagt, daß sie kaum Schmerzen hat«, sagte Miss Wyatt in unverbindlichem Ton. »Natürlich hat sich ihr Zustand in der letzten Zeit verschlechtert. Ohne Zweifel geht es ihr schlechter. Norah mußte letzte Woche jede Nacht bei ihr bleiben. Es gefällt mir gar nicht, wie sie in den letzten ein, zwei Tagen aussieht.

Norah ist ein braves Mädchen«, fügte Miss Wyatt hinzu. »Sie macht das schon so lange mit, und ich habe sie nie jammern hören, nicht ein einziges Mal. Sie ist ein braves Mädchen. Und sie wird es schaffen. Sie wird es schon schaffen. Sie ist noch jung.«

Als Miss Wyatt hinausgegangen war, hielt sich Julia die Ohren zu, um das Weinen aus dem Nebenzimmer, das lauter und noch mitleiderregender geworden war, nicht hören zu müssen. Dann verstummte es plötzlich. Julia holte tief Luft, zog ein Taschentuch hervor und wischte sich die Hände ab.

Gleich darauf betrat Norah das Zimmer. Sie sagte: »Wo ist Wyatt?«

»Weggegangen. Sie hat gesagt, sie kommt vor neun zurück. Ist sie eingeschlafen?«

Norah nickte.

»Aber das ist schrecklich«, murmelte Julia. »Schrecklich.«

»Ja«, antwortete Norah. »Es ist... Machen wir uns noch einen Tee, ja? Oder warte, willst du ein Glas Wermut haben? Wyatt hat mir neulich eine Flasche mitgebracht.«

Sie fand die Flasche, füllte zwei Gläser und trank ihr eigenes rasch aus. Dann sagte sie mit einer Stimme, die herausfordernd klang: »Ich nehme an, dir kommt das alles widerwärtig und eklig vor, nicht wahr?«

Julia sagte: »Nein, nein.« Doch sie sprach nicht weiter, weil sie ihre Gefühle nicht in Worte zu fassen vermochte. In diesem Augenblick erschien ihr die Schwester wie eine Figur aus einer schrecklichen Tragödie, eine Figur, die sich düster, gelassen und schön vor einem Hintergrund von gelblichem Schnee bewegte.

»Nicht im geringsten«, sagte sie.

Ein paar Sekunden lang sprachen sie nicht; dann sagte Norah mit einem halben Lachen: »Nun ja, wir haben es beide nicht gerade weit gebracht, oder etwa nicht?«

Julia hob die Schultern, wie um zu sagen: ›Mich darfst du nicht fragen.‹

»Es ist doch so«, sagte Norah, »daß mit unserer Familie etwas nicht stimmt. Wir sind zu weich oder träge oder sonstwas.«

»Ich glaube nicht, daß du träge bist«, sagte Julia. »Und ich würde auch nicht sagen, daß du zu weich bist.«

Sie sprach mit sanfter Stimme, Norah aber hielt plötzlich den Atem an, als stünde ein Streit bevor. Sie murmelte: »Nein, ich glaube, daß ich heute nicht mehr weich bin... Vielleicht bin ich heute nicht mehr sehr weich.«

Sie spürte, wie sich ihr die Kehle zusammenschnürte und wie ihr die Augen brannten. Sie riß sie weit auf und lehnte den Kopf zurück, denn sie wußte, daß dann die Tränen nicht kommen würden; sie würden dahin zurückfließen, von wo auch immer sie aufgestiegen waren. Sie wollte sich in Gegenwart von Julia keine Blöße geben –

Julia mit ihren hassenswerten schwarzgeschminkten Augenlidern. Was nutzte es, Julia zu sagen, was sie von ihr hielt? Es war lächerlich, eine Szene zu machen. Leute wie sie ignorierte man.

Und doch fühlte sie jedesmal, wenn sie Julia ansah, den brennenden Wunsch, sie zu verletzen oder sie verletzt und gedemütigt zu sehen. Verwirrt dachte sie: ›Das kommt daher, daß ich so müde bin.‹ Den ganzen Tag lang hatte sie sich so müde gefühlt, als könnte sie es keinen Augenblick länger aushalten. Als sie einen Löffel mit Medizin an die Lippen ihrer Mutter geführt hatte, hatten ihre Hände so heftig gezittert, daß sie alles verschüttete. Und die ganze letzte Nacht hatte sie wach gelegen und nachgedacht, anstatt zu schlafen, obwohl jetzt Wyatt da war und sie die Möglichkeit hatte, zu schlafen. Sie hatte wach gelegen und nachgedacht und geweint – und weinen tat sie fast nie.

Es war, als ob die Begegnung mit Julia irgendeinen Geist der Auflehnung wachgerufen hätte, der sie in Stükke riß. Wieder und wieder dachte sie: ›Es ist nicht fair, es ist wirklich nicht fair.‹

Sie hatte das Buch genommen, das auf ihrem Nachttisch lag – ›Almayers Wahn‹ –, und zu lesen angefangen:

Die Sklavin hatte keine Hoffnung und kannte keine Veränderung. Sie kannte keinen anderen Himmel, kein anderes Wasser, keinen anderen Wald, keine andere Welt, kein anderes Leben. Sie hatte keine Wünsche, keine Hoffnung, keine Liebe ... Wenn sie weder Schmerz noch Hunger litt, bedeutete dies Glück für sie, und wenn sie sich unglücklich fühlte, dann deshalb, weil sie mehr als gewöhnlich müde war nach der Mühsal des Tages.

Dann war sie aufgestanden und hatte sich im Spiegel betrachtet. Sie hatte das Nachthemd über die Schultern gleiten lassen und sich betrachtet. Sie war groß und gerade gewachsen und schlank und jung – nun ja, noch ziemlich jung. Sie hatte eine Haarsträhne genommen und sie sich an das Gesicht gehalten und gedacht, daß sie den Geruch ihres Haars liebte und wie es sich anfühlte. Sie hatte ihr Spiegelbild angelacht, da waren die Zähne weiß und gesund und gerade. Ja, sie hatte ihr Spiegelbild angelacht. Wie eine Närrin.

Noch während sie lachte, war ihr aufgefallen, wie blaß ihre Lippen waren; und sie hatte gedacht: ›Ich lebe wie eine Tote. Es ist, als wäre ich lebendig begraben. Es ist nicht fair, es ist nicht fair.‹

Sie konnte nicht aufhören zu weinen. Es war, als kämpfe eine ungeheure Kraft in ihrem Innern und risse sie dabei in Stücke. Und dann hatte sie gedacht: ›Wenn dies noch ein Jahr so weitergeht, bin ich erledigt. Dann bin ich alt und erledigt, und das war's dann.‹

Natürlich hatte sie so etwas schon früher gedacht. Aber immer nur sehr vage – und an den Gedanken, die ihr in der vergangenen Nacht durch den Kopf gegangen waren, war nichts Vages gewesen.

Alle sagten ständig zu ihr: »Du bis großartig, Norah, du bist wirklich großartig. Wie du das bloß schaffst!« Es war eine Art Droge, diese allgemeine, gleichbleibende Bewunderung – das Gefühl, daß man tat, was man zu tun hatte, daß es Gott und den Menschen wohlgefällig war. Man fühlte sich dadurch geschützt und sicher, als ob man eine starke Macht auf seiner Seite hätte.

Im übrigen war sie nicht von der zimperlichen Sorte. Sie konnte einen widerwärtigen Anblick und eklige Laute und Gerüche aushalten. Und so hatte sie sich abgerakkert. Und so hatte sie allmählich darauf verzichtet, abends auszugehen, denn sie war einfach zu müde, um zu versuchen, sich zu amüsieren. Außerdem war kein Geld da.

So war es sechs Jahre lang gegangen. Vor drei Jahren hatte ihre Mutter den zweiten Schlaganfall gehabt, und seitdem war ihr Leben nur noch Sklaverei.

Jedermann hatte gesagt: »Du bist großartig, Norah.«

Aber niemand half ihr. Alle standen sie nur dabei und sahen zu, wie ihre Jugend verging und wie ihre Schönheit verging und wie ihr weiches Herz hart und bitter wurde. Sie saßen da und sagten: »Du bis großartig, Norah.« Unmenschen ... Teufel ...

Lange Zeit hatte sie nur so auf dem Bett gelegen und gedacht: ›Unmenschen und Teufel.‹ Doch mit der Zeit hatte sie gedacht: ›Nein, das ist nicht fair.‹ Sie waren keine Unmenschen. Sie billigten, was Norah tat, und waren bereit, ihrer Billigung auch Ausdruck zu verleihen, wenn auch nicht in einer sonderlich auffälligen Form. Und dann hatte sie angefangen, an Tante Sophies Testament zu denken – irgendwie dumpf und gequält –, und an das Testament, das ihre Mutter gemacht hatte. Und daß sie schließlich doch noch ein bißchen eigenes Geld haben würde und machen könnte, was ihr gefiel.

Und dann war ihr plötzlich sehr kalt gewesen, und sie hatte die Bettdecke bis über den Kopf gezogen. Und dann hatte sie sich so müde gefühlt, daß schließlich nur noch der Schlaf wichtig war. Und dann war sie wohl eingeschlafen.

Julia bewegte sich wieder. Sie setzte die Beine nebeneinander auf den Boden. Sie hatte an das Wort »Orangenbäume« gedacht und sich an die Zeit erinnert, als sie sich unzählige romantische Geschichten über die Kindheit ihrer Mutter in Südamerika ausgedacht und zahllose Fragen gestellt hatte, auf die ihre Mutter nur unzulänglich oder gar nicht geantwortet hatte, denn sie war eine Frau, die sich nicht auszudrücken wußte. Sie nahm die Übersiedlung so natürlich hin wie eine Pflanze. Doch manchmal merkte man ihr an, daß sie sich nach der Sonne sehnte. Julia erinnerte sich, wie sie gesagt hatte: »Das hier ist ein kaltes, graues Land. Das ist kein Land, in dem man wirklich glücklich sein kann.« War sie also unglücklich gewesen? Nein, Julia hatte sie nicht als eine unglückliche Frau in Erinnerung. Streng, frustriert vielleicht, ohne es zu wissen, aber nicht unglücklich.

Sie sagte schüchtern: »Kann ich morgen wiederkommen?«

»Natürlich«, sagte Norah. Und dann: »Iß noch etwas, bevor du gehst. Brot und Käse oder ein Ei oder sonst etwas.«

»Nein«, sagte Julia. »Nein danke. Bemüh' dich nicht.«

»Ich begleite dich zur Tür«, sagte Norah. Sie hatte jetzt das Gefühl, daß sie Julia nicht gehen lassen wollte. Sie haßte sie, aber sie fühlte sich lebendiger, wenn ihre Schwester bei ihr war.

Der Himmel war klar und blaßblau. Der Mond war schmal und jung, rotgolden.

»Sieh mal«, sagte Julia. »Neumond.«

Mit einem Mal begann Norah heftig zu frösteln. Julia sah, wie ihre Zähne aufeinanderschlugen. Norah sagte: »Bis morgen also«, ging ins Haus und schloß die Tür.

4

Der nächste Tag war ein Sonntag. Julia fuhr hinaus nach Acton und saß eine Stunde lang im Zimmer ihrer Mutter.

Diesmal lag die kranke Frau da wie ein Stück Holz, ohne sich zu rühren, ohne die Augen zu öffnen.

Julia saß da und erinnerte sich, daß sie als ganz kleines Kind ihre Mutter geliebt hatte. Ihre Mutter war der warme Mittelpunkt der Welt gewesen. Sie liebte es, ihr zuzusehen, wenn sie sich das lange Haar bürstete; und wenn man die Zärtlichkeiten und die Wärme vermißte, so tastete man danach ... Und dann hatte ihre Mutter – ganz und gar mit der kleinen Schwester beschäftigt – Dinge gesagt wie: »Sei keine Heulsuse. Du bis zu groß, um dich noch so aufzuführen. Du bist jetzt sechs, ein richtig großes Mädchen.« Und während ihre Mutter zuerst der warme

Mittelpunkt der Welt gewesen war, wurde sie dann allmählich eine verschlossene, strenge, ziemlich massige Frau, die, weil sie sich Sorgen machte, einen ohne ersichtlichen Grund ohrfeigte. So daß es Zeiten gab, in denen man sich vor ihr fürchtete; und dann auch Zeiten, in denen sie einem zuwider war.

Dann höre sie auf, sich zu fürchten, und die Mutter war ihr auch nicht mehr zuwider. Sie wurde ganz einfach gleichgültig und duldsam und ziemlich sentimental, denn schließlich war sie ja ihre Mutter.

Es war seltsam, hier zu sitzen und sich an die Zeit zu erinnern, als sie der süße, warme Mittelpunkt der Welt gewesen war, sich so lebhaft daran zu erinnern, daß auf geheimnisvolle Weise alles wieder da war.

Als es zu dunkeln begann, ging sie ins Wohnzimmer zurück.

Miss Wyatt fragte: »Gehen Sie?«

»Gibt es nichts, was ich tun kann?« sagte Julia.

»Nein«, sagte Miss Wyatt. »Norah wird bald zurück sein.«

Dann las sie weiter, denn weder mochte sie diese Person, noch billigte sie ihr Verhalten, und sie traute ihr schon gar nicht, machte auch kein Hehl daraus.

Julia hatte das Gefühl, sie werde fortgeschickt. Eine Weile stand sie unschlüssig herum, dann sagte sie: »Also dann, gute Nacht.«

»Gute Nacht«, sagte Miss Wyatt, ohne aufzublicken. »Kommen Sie morgen wieder?«

»Ich weiß nicht«, sagte Julia leise. »Ja, ich glaube schon... Aber ich bin nicht ganz sicher, weil ich in ein anderes Hotel ziehe. Hier ist meine neue Adresse. Würden Sie sie bitte Norah geben?«

Als sie ins Hotel zurückkam, überreichte ihr der junge Mann an der Rezeption einen Zettel.

»Madam, hier ist eine telefonische Nachricht für Sie.«

Julia las:

»Mr. James sagt, er würde sich freuen, Madame Martin entweder heute oder morgen abend zwischen neun und zehn bei sich zu Hause zu sehen.«

Sechstes Kapitel
Mr. James

Das war die Affäre, die ruhig und mit Anstand geendet hatte, ohne Getue, ohne Szenen, ohne Hysterie. Wenn man neunzehn war und zum erstenmal fallengelassen wurde, machte man keine Szenen. Man hatte das Gefühl, als sei das Rückgrat gebrochen, als würde man sich nie wieder bewegen können. Doch man machte keine Szene. Das kam erst später, wenn die gleiche Geschichte fünf- oder sechsmal passiert war und man sich eigentlich daran gewöhnt haben sollte.

Neunzehn – das war eine verdammt lange Zeit her. Nun, jetzt wurde sie entschädigt, denn da gab es einen Mann, der ein Freund fürs Leben geworden war. Immer war im Hinterkopf der Gedanke gewesen: ›Wenn es einmal wirklich zum Schlimmsten kommen sollte, dann wird er mir helfen.‹

Er hatte gesagt: »Ich bin dein Freund fürs Leben. Ich werde dir ewig dankbar sein – weil du so lieb und so großzügig warst.« Und so weiter, und so weiter.

Und er war auch nobel. Er hatte ihr, alles in allem, eine ganze Menge Geld geliehen. Und sie hatte immer gesagt: »Dieses Geld hab' ich *geliehen.* Eines Tages werde ich es dir zurückzahlen.«

Und dann hatte er jedesmal erwidert: »Natürlich wirst du das. Mach dir aber deshalb keine Gedanken.«

Und nach dieser langen Zeit hatte er fast umgehend geantwortet. Das war nobel.

Der Hausdiener, der die Tür öffnete, hatte ein sympathisches Gesicht – er gehörte nicht zu der Sorte, die höhnisch hinter einem her feixten, wenn man ihnen den Rücken zuwandte. Im Kamin in der Diele brannte ein mächtiges Holzfeuer, und es gab eine Menge bequemer Sessel.

Dann führte der Hausdiener sie nach oben und öffnete eine Tür, und da war er.

Ein anderer Mensch. Kein Grund, nervös oder sentimental zu werden. Er hatte sich einfach verändert – genau, wie sie sich verändert hatte. Das war seltsam und ziemlich traurig.

Dann überlegte sie, daß es seltsam sein mußte, sehr reich und völlig abgesichert zu sein, und dabei nicht dumm. Denn so viele reiche Leute waren dumm; nur die Hälfte ihres Gehirns funktionierte. ›Aber vielleicht ist er letzten Endes doch dumm‹, dachte sie. ›Eigentlich bin ich mir nicht sicher.‹

»Meine Liebe, ich freue mich schrecklich, dich zu sehen. Es war lieb von dir, mir zu schreiben.«

Er dachte: ›Diese Gespenster aus der Vergangenheit sind wirklich taktlos, nicht sehr amüsant. Aber was kann man machen?‹

Er spürte, daß er Kopfschmerzen bekam – ein leichtes Pochen in den Schläfen.

Julia sagte mit koketter Miene: »Nun, findest du, ich habe mich verändert?«

»Du siehst hübscher aus denn je«, versicherte er ihr. »Hübscher denn je.«

»Nicht zu dick?« fragte sie besorgt.

Er sagte: »Gerade richtig« und lächelte ihr zu.

Doch sie hatte ein bißchen das Gefühl, als säße sie in einem Büro und wartete auf eine wichtige Persönlichkeit, die etwas für sie tun würde – oder auch nicht. Und als sie sich in dem Zimmer umsah, kam es ihr sehr schön vor, und sie hatte das Gefühl, sie habe nicht das Recht, hier zu sitzen und mit ihrem eigennützigen Wunsch, sich irgendwie über Wasser zu halten, in dieses schöne Zimmer einzudringen.

Dann sagte er bemüht freundlich: »Sieh mal, du kannst mir alles erzählen, denn ich habe jede Menge Zeit – massenhaft Zeit. Fast eine Dreiviertelstunde.«

Sie dachte, sie müßte nun mit ihrer vorbereiteten Erklärung beginnen. Sie sagte, so wie jemand, der etwas auswendig gelernt hat: »Weißt du, ich habe versucht, nach meiner Heirat die Dinge besser in den Griff zu bekommen, aber ich hab' es nicht geschafft. Es hat nicht geklappt.«

»Ja, das habe ich mir ungefähr gedacht, als ich dich das letzemal gesehen habe. Das tut mir leid.«

»Und dann, weißt du, als er sich nicht mehr soviel aus mir machte, schien es nur natürlich zu sein, ihn zu verlassen.«

»Und es gab jemand anderen, der sich etwas aus dir machte, oder das behauptete? War es das?«

»Oh, eigentlich nicht«, sagte sie. »Nach einiger Zeit gab es jemand, aber das war nicht der wahre Grund. Es war einfach so, daß alles schiefgelaufen war, und er schien es satt zu haben, und ich hatte das Gefühl, es sei natürlich, wegzugehen, wenn er so zu mir war.«

»Ich verstehe«, sagte Mr. James.

Sie dachte: ›Es war einfach mein Pech, nicht wahr, daß wir gerade dann alles verloren, als wir das Geld am meisten gebraucht hätten. Wenn man gerade ein Kind bekommen hat, und es stirbt einfach bloß deshalb, weil man nicht genug Geld hat, um es am Leben zu erhalten, dann bleibt man mit einer Art Hunger zurück. Nichts Sentimentales – o nein. Einfach ein komisches Gefühl, so wie Hunger. Und dann ist man natürlich gleichgültig – denn die ganze verdammte Geschichte ist zu dumm, als daß man anders als gleichgültig darauf reagieren könnte ... Er ist so klein. Und dann stirbt er und kommt unter die Erde.‹

Sie sah Mr. James an, seine leicht gerunzelte Stirn und sein bemüht freundliches Gesicht.

›Und dann rennt man herum und versucht, das nötige Geld aufzutreiben, um ihn begraben zu können. Man will ihn nicht im Krankenhaus liegen lassen, mit einem Zettel um das Handgelenk. Und die Hure, die einen Stock tiefer wohnt, leiht dir Geld und kauft Blumen und besucht dich und weint, weil du weinst. Also, das glaub' ich nicht; das haben Sie sich ausgedacht. Na gut, dann glaub es eben nicht.‹

Und da war Neil James, seine Stirn runzelnd und bemüht, ganz freundlich zu sein. So freundlich, so vorsichtig, so vollkommen sicher, daß alles sein Gutes hatte und nichts von ungefähr geschah.

›Das wäre doch komisch, wenn ich ihn nun nach all den Jahren hassen würde – einzig deshalb, weil er so verdammt respektabel und selbstsicher ist. Weil er so selbstgefällig dasitzt.‹

Mr. James sah sie an; ihr langes Schweigen wurde ihm ziemlich unbehaglich, und er sagte: »Hör mal, wie wär's mit einem Whisky-Soda?«

Er klingelte, und als der Hausdiener kam, sagte er: »Bringen Sie Whisky und Gläser.«

»Nun ja«, sagte sie langsam, »eigentlich ist es mir ganz gut gegangen.«

Mr. James warf einen seitlichen Blick auf die Uhr.

»Aber du willst ausgehen«, sagte sie. »Ich halte dich auf.«

»Bleib um Himmel willen sitzen, wir haben massenhaft Zeit.«

So viele Fäden. Sie entwirren zu wollen, war sinnlos. Weil er Geld hat, ist er eine Art Gott. Weil ich keines hab', bin ich eine Art Wurm. Ein Wurm, weil ich ein Versager bin und kein Geld habe. Wein Wurm, weil ich nicht einmal sicher bin, ob ich dich hasse.

Sie sagte ziemlich trotzig: »Ich hatte die Nase voll. Ich hatte das Gefühl, ich brauchte Ruhe. Ich habe gedacht, du würdest mir vielleicht dabei helfen.«

Endlich kam sie zur Sache – Mr. James war erleichtert! Und doch wurde er zurückhaltender, nun, da er sicher war, daß sie gekommen war, ihn um Geld zu bitten. Jeder versuchte, Geld aus ihm rauszuholen. Bei Gott, er war es leid. ›Wenn ich mich nicht vorsehe, wird das nie aufhören; es wird ewig so weitergehen.‹

Ein Verdacht tauchte in ihm auf. Er fragte, genau wie Onkel Griffiths gefragt hatte: »Und du weißt nicht, wo dein Mann ist?«

Sie sah ihn verwirrt an und schüttelte den Kopf.

»Natürlich, meine Liebe«, sagte er, »werde ich etwas für dich tun. Ich schreibe dir morgen und schicke dir was. Mach dir keine Sorgen, ich werde es nicht vergessen. Das versprech' ich dir. Du wirst dich ausruhen können... Und jetzt wollen wir um Gottes willen von etwas anderem sprechen.«

Sie sagte beharrlich: »Aber ich wollte dir immer erklären, wenn ich dich wiedersehen würde –«

»Meine Liebe, quäl mich nicht«, sagte Mr. James. »Ich will es nicht hören. Reden wir doch von etwas anderem.«

Dann, als der Hausdiener den Whisky gebracht und sich wieder zurückgezogen hatte, sagte er: »Hier ist dein Whisky. Nur zu, trink aus.«

Zum erstenmal sah sie ihm gerade in die Augen. Sie sagte: »Mein Lieber, um nichts in der Welt möchte ich dich quälen. ›Bloß niemand quälen‹, ist meine Devise.«

Sie trank den Whisky. Fröhlichkeit verbreitete sich in ihr. Warum sich den Teufel um irgend etwas scheren?

Sie sagte: »Wer redet denn vom Quälen? Darum geht's nicht. Ich habe schöne Zeiten erlebt – jede Menge schöne Zeiten.«

Sie dachte: ›Ich habe meine Chance gehabt, das Leben zu bekommen, das ich haben wollte. Und ich habe sie verpaßt... Na schön! Ich hätte auch Glück haben können, und wenn, dann hätten mir die Leute die Stiefel geleckt. Dann hätte mir kein Mensch die kalte Schulter gezeigt. Erzähl mir nichts; laß mich in Ruhe. Wenn ich hasse, dann hab' ich ein Recht darauf. Und wenn ich glaube, daß die Leute Schweine sind, dann laß mir meinen Glauben ...‹

Sie sagte: »Jedenfalls weiß ich nicht, wie ich es hätte anders machen können. Ich wollte, ich hätte mich geschickter angestellt, das ist alles. Glaubst du, ich hätte es anders machen können?«

Er sah von ihr weg und sagte: »Frag mich nicht. Ich bin nicht der Mensch, den man so etwas fragen kann, oder etwa nicht? Ich weiß es nicht. Wahrscheinlich hattest du keine andere Wahl. Weißt du, Julietta, der Krieg hat mich eine Menge gelehrt.«

»Ach ja?« sagte sie überrascht. »Wirklich?«

»Ja. Vor dem Krieg habe ich immer gedacht, daß ich Leute verachte, die keinen Erfolg haben.«

›Verachten‹, dachte Julia. ›Warum verachten?‹

»Ich habe Leute verachtet, die es zu nichts brachten. Ich habe nicht so recht geglaubt, daß es so etwas wie Pech gibt. Doch nach dem Krieg sah ich es anders. Ich habe jetzt eine Menge verrückter Freunde. Ich nenn' sie meine verrückten Freunde.«

»Leute, die es zu nichts brachten?« fragte Julia.

»Ja. Leute, die auf die Nase gefallen sind.«

»Männer?«

»O nein, auch Frauen. Aber wohlgemerkt, mit Frauen ist es ganz anders. Das ist doch alles Unsinn – das Leben eines Mannes und das Leben einer Frau kann man nicht vergleichen. Sie haben dauernd mit ganz verschiedenen Dingen zu kämpfen. Wozu soll man unsinniges Zeug darüber reden? Sieh dir die Hähne und die Hennen an; da ist es genauso«, sagte Mr. James.

Dann sagte er: »Hör, Julietta, du mußt dir noch meine Bilder ansehen, bevor zu gehst.«

3

Als sie die Bilder betrachteten, wurde er ein anderer Mensch. Weil er sie liebte, wurde er in ihrer Gegenwart bescheiden, vorsichtig, war sich seiner eigenen Meinung nicht sicher.

»Gefällt dir das hier?«

»Ja, es gefällt mir.«

»Ich wünschte, ich könnte mir von jemand, der sich auskennt, sagen lassen, ob das Bild etwas taugt oder nicht«, sagte er zu sich selbst.

Er war unsicher, weil er nicht das Falsche lieben wollte. Wie verrückt, daß jemand wollte, man möge ihm sagen, was er lieben solle!

»Also dann, Julietta, auf Wiedersehen. Mach dir keine Sorgen. Ich schreibe sofort; du sollst dich ausruhen können. Und laß mich deine Adresse wissen, wenn du nach Paris zurückgehst.«

»Ja«, sagte sie, »das werde ich tun. Und jetzt wohne ich in einem anderen Hotel. Ich schreibe dir die Adresse auf.« Sie holte einen Briefumschlag und einen Bleistiftstummel aus ihrer Tasche, schrieb die Adresse auf und gab sie ihm.

»Sehr gut, in Ordnung«, sagte Mr. James und steckte den Umschlag in die Tasche, ohne einen Blick darauf zu werfen. »Ich werde es nicht vergessen.«

Sie war den Tränen nahe, als er mit ihr die Treppe hinunterging. Ein Kloß saß ihr in der Kehle. Sie dachte: ›Das war's nicht, was ich wollte.‹ Sie hatte gehofft, er würde etwas sagen oder sie so ansehen, daß sie sich weniger einsam fühlte.

In der Diele stand eine Vase mit flammenfarbenen Tulpen – fraglos die anmutigsten Blumen, die es gab. Manche reckten ihre Köpfe wie Schlangen nach oben, andere standen aufrecht, steif, jungfräulich, ziemlich spröde. Und manche waren am Verwelken, und noch im Verblühen anmutig gewunden.

Siebtes Kapitel
Neue Anschrift

Am nächsten Tag fuhr Julia nicht nach Acton hinaus. Den ganzen Nachmittag über ging sie in einem bleichen Sonnenlicht spazieren – einem Sonnenlicht ohne Wärme. Sie dachte an nichts, denn sie stand wie unter einem Bann, der jeden Gedanken ausschloß. Sie ging, die Augen auf die Erde gerichtet, und ein Windstoß blies verspielt ein Fetzchen schmutziges braunes Papier vor ihr her, Omnibusfahrkarten, einen zerrissenen Zeitungsaushänger, Kohlenstaub und trockenen Pferdemist.

Diese Straßen in der Nähe ihrer Pension in Notting Hill schienen merkwürdig leer, wie die Straßen in einem grauen Traum – ein Labyrinth von Straßen, die alle ganz gleich aussahen.

Ab und zu dachte sie: ›Bestimmt bin ich hier vor ein paar Minuten entlanggegangen.‹ Dann aber sah sie die Namen Chepstow Crescent oder Pembridge Villas und war beruhigt: ›Es stimmt schon; ich bin nicht im Kreis gegangen.‹

Schließlich nahm sie einen Bus und ging in ein Kino in der Edgware Road. Eine Komödie wurde gespielt, und eine Frau hinter ihr lachte: »Hahaha.« Ein fettes, gemütliches, angenehmes Lachen, das so klang, daß sie ohne sich umzudrehen hätte sagen können, wie die Frau aussah.

Nach der Komödie sah sie einen Film, in dem junge Männer um die Wette liefen und manche vor Erschöpfung zusammenbrachen. Und dann sah man – in einer seltsamen Umkehrung –, wie junge Frauen Rennen liefen und ebenfalls vor Erschöpfung zusammenbrachen; bei diesem Anblick bog sich das Publikum vor Lachen.

Um neun Uhr kam sie aus dem Kino, aß eine Kleinigkeit in einem Lyon's Teashop, ging zurück auf ihr Zimmer und schlief.

2

Jemand klopfte an die Tür.

Julia rief verschlafen: »*Entrez* ... Herein.«

Es klopfte wieder, und sie rief mit schriller Stimme, indem sie sich im Bett aufrichtete: »Herein, hab' ich gesagt.«

Ein Zimmermädchen mit gelbblonden Haaren trat ein, blieb unter der Tür stehen und sagte teilnahmslos: »Sie werden am Telefon verlangt, Miss.«

»Was ...? Ja, ich komme schon, ich komme.«

Ihre Hausschuhe standen neben dem Bett. Ihren Morgenrock konnte sie nicht finden. Sie konnte sich nicht erinnern, wo sie ihn hingelegt hatte. Das machte nichts.

Draußen auf dem Treppenabsatz kam ein Windstoß durch das offene Fenster, und sie fröstelte in ihrem dünnen Pyjama. Sie hielt den Arm vor ihre Brust und rannte an dem Mädchen vorbei. Ihr Haar stand wild um ihren Kopf. Ihre Augen waren schwarz umrahmt vom Make-up der vergangenen Nacht, das sie nicht abgeschminkt hatte, weil sie zu müde gewesen war.

Das Mädchen dachte: ›Schlampe.‹

»Spreche ich mit Mrs. Martin? Miss Griffiths fragt, ob Sie so schnell wie möglich kommen können. Mrs. Griffiths geht es sehr schlecht. So schnell wie möglich.«

»Ja«, sagte Julia ins Telefon. »Ja. Sofort. Sagen wir, in einer Dreiviertelstunde.«

Als sie die Treppe wieder hinaufeilte, war sie von einem hilflosen Entsetzen erfüllt bei dem Gedanken an die Zeit, die bestimmt verstreichen würde, bis sie in Acton ankam, und an die unzähligen Details, die diese Zeit beanspruchen würden. Während sie die Treppe hinaufrannte, dachte sie: ›Ich werde es nie schaffen. Ach du lieber Gott, all die Sachen, die ich noch tun muß, bevor ich dort bin.‹

Ihre Beine gaben nach.

In sieben Minuten war sie angezogen, doch als sie in den Spiegel sah, fand sie, daß sie noch nie dermaßen häßlich ausgesehen hatte. Es wäre ein Zeichen von Mißachtung, sich in dieser Aufmachung zu zeigen. Sie setzte den Hut wieder ab, wusch sich das Gesicht mit kaltem Wasser, legte Puder auf, bürstete das Haar, so daß es am Kopf anlag, und zog die Schläfenlocken sorgfältig unter dem Hut hervor.

Während der ganzen Zeit, in der sie damit beschäftigt war, sagte etwas in ihr nüchtern und deutlich: ›Schnell, du Affe, mach schnell. Das ist der Tod. Der Tod wartet nicht. Mach schnell, Affe, mach schnell.‹

Sie ging die Straße hinunter und überlegte, ob sie ein Taxi nehmen und Norah bitten sollte, es zu bezahlen. Sie war immer noch am Überlegen, als sie die U-Bahn-Station erreichte. Sie hatte sich eingebildet, es sei noch sehr früh am Morgen, doch als sie auf die Uhr sah, stellte sie fest, daß es Viertel vor zehn war.

Das Mädchen, das neben ihr im Aufzug stand, starrte sie unverwandt an. Julia wurde zornig und dachte: ›Also, wenn es das ist, zurückstarren kann ich genausogut.‹ Sie verengte die Augen zu Schlitzen und funkelte sie an. Das Mädchen war klein und schlank. Sie hatte ein rundes Gesicht, runde braune Augen und eine kleine Nase; sie trug einen kleinen runden Hut, einen engtaillierten, pelzbesetzten Mantel, und ihre bloßen Hände, die dick und rot aus ihren Mantelärmeln hervorsahen, umklammerten eine Lacktasche. Irgendein Idiot hielt sie wahrscheinlich für hübsch. Irgendein männliches Gegenstück von einem Idioten mit runden Augen und einem kleinen Knopfmund.

Als sie merkte, daß Julia sie anstarrte, hustete sie, verzog die Mundwinkel und drehte ihr den Rücken zu. ›Hol dich doch der Teufel‹, dachte Julia. ›Der Teufel soll dich holen.‹

Die Türen des Aufzugs öffneten sich …

Als Julia im Zug saß, hörte sie auf, an die Leute um sie herum zu denken. Sie wurde ruhig.

Achtes Kapitel
Tod

Norah öffnete die Tür. Sie trug das grüne Kleid mit der auf der Schulter aufgenähten roten Rose. Sie gingen den dunklen Flur entlang. Julia hatte Angst. Gleichzeitig war sie außerordentlich neugierig.

Doch als sie ihre Mutter sah, dachte sie nicht mehr an sich und begann vor Mitleid zu weinen.

Das Gesicht ihrer Mutter war weiß und eingefallen und schweißbedeckt. Sie rang mühsam nach Atem, und jeder Atemzug schien eine Qual. ›Sie kann nicht mehr atmen‹, dachte Julia. ›Das muß der letzte Atemzug sein.‹

Doch sie kämpfte noch immer. Eine starke Frau.

Norah saß auf einem Korbstuhl neben dem Bett. Trotz aller Tränen und aller Angst dachte sie: ›Ich habe getan, was ich konnte. Ich hab' wirklich getan, was ich konnte.‹ Sie hielt ein Taschentuch in der Hand, und von Zeit zu Zeit beugte sie sich vor und trocknete mit einer feierlichen Geste das Gesicht ihrer Mutter ab, so, als vollziehe sie ein Ritual. Etwas an ihrer Haltung und an ihrem gelassenen Gesichtsausdruck wirkte alt, sehr, sehr alt.

Die Jalousien waren halb heruntergelassen. Im Hintergrund saß eine Krankenschwester, eine dicke Blondine. Norah flüsterte: »Gestern nachmittag, als die Schwester kam, dachte sie, es ginge nur noch ein paar Stunden. Und als heute früh der Arzt da war, sagte er: ›Ungefähr eine Stunde.‹«

Die Krankenschwester beugte sich nach vorn und flüsterte Julia ziemlich eifrig zu: »Sie müssen nicht gar so unglücklich sein, meine Liebe, denn Ihre Mutter hat keine Schmerzen. Sie ist nicht bei Bewußtsein. Sie hat überhaupt keine Schmerzen.«

»Oh, wirklich?« sagte Julia. Sie dachte: ›Ich muß beten. Wahrscheinlich hat es keinen Sinn, aber irgend jemand muß es versuchen. Vielleicht hat es doch sein Gutes.‹

Im Dämmerlicht des Zimmers schloß sie die Augen und begann zu murmeln: »Ewigen Frieden gib ihr, o Herr. Lasse das ewige Licht leuchten über ihr. Möge sie in Frieden ruhen.«

Ihre Lippen waren trocken. Sie befeuchtete sie und fuhr fort zu beten.

Norah flüsterte: »Möchtest du etwas essen?«

»Nein.«

»Etwas Tee? Jane ist in der Küche; sie wird dir welchen machen.«

»Nein«, flüsterte Julia. »Ich habe keinen Hunger. Wirklich nicht.«

Norah stand auf, ging zur Krankenschwester hinüber und sprach leise mir ihr. Sie sagte: »Essen Sie doch etwas – oder trinken Sie eine Tasse Tee«, und die Schwester erwiderte: »Nein, meine Liebe, nein.«

Auch das wirkte so, als befolge sie ein Ritual, da Tod und Essen irgendwie zusammengehörten.

Doch danach hörte Julia auf zu beten. Sie konnte nur noch denken: ›Wenn sie doch sterben könnte ... wenn sie doch sterben könnte. Sie muß Schmerzen haben.‹

2

Es war fast zwei Uhr, als die Kranke ein Ächzen von sich gab. Die Schwester stand auf. »Rufen Sie Miss Wyatt«, sagte sie.

Und dann stand auch Miss Wyatt im Zimmer. Stand da, als warte sie darauf, daß etwas geschehen würde. Alle standen da und warteten darauf, daß etwas geschehen würde.

Die Sterbende tat drei ruhige Atemzüge, ohne jede Anstrengung. Dann fiel ihr Kopf auf die Seite.

»Es ist vorbei«, sagte die Schwester. Sie hörte auf zu weinen, und ihre Miene wurde sachlich.

»Vorbei.« Das war das Wort. Weinend beugte sich Norah nach vorn und küßte die Stirn ihrer Mutter. Dann ging sie zur Seite und sah ihre Schwester an. Julia beugte sich ihrerseits zu dem rituellen Kuß nach vorn – sie tat es ziemlich beklommen. Sie glaubte, alle sähen ihr zu, vielleicht in der Erwartung eines heftigen hysterischen Ausbruchs.

Miss Wyatts Hand lag auf Norahs Schulter. Julia folgte ihnen zögernd ins Wohnzimmer, das sehr hell und freundlich wirkte. Durch die Glastür konnte man die dünnen Zweige eines einsamen Baums vor dem kalten grauen Himmel sehen. Ihre Mutter hatte immer gesagt: »Ich kann in diesem Land nicht zur Ruhe kommen. Dieses Land ist so kalt und grau.«

Plötzlich dachte Julia: ›Und doch haben wir sie verlassen, gerade jetzt, wo sie uns braucht.‹ Sie stand auf, um in das Schlafzimmer zurückzugehen, doch die Beine versagten ihr den Dienst.

Miss Wyatt klopfte ihr auf die Schulter: »Kopf hoch, Julia«, sagte sie.

Das hübsche kleine Dienstmädchen kam mit Tee und Butterbroten herein. Auch sie weinte, doch konnte man sehen, daß für sie die Aufregung alles in allem nicht unangenehm war.

Der Tee schmeckte gut. Mit einem Mal war ein Gefühl von Ruhe und Entspannung im Raum. ›Das ist nun vorbei. Das Leben ist schön.‹

»Einen Augenblick«, murmelte Julia. Das Gefühl, ihre Mutter brauche sie dringend, war zu stark. Es trieb sie aus dem Zimmer.

Als sie die Klinke der Schlafzimmertür niederdrückte, ertönte die geschäftige Stimme der Krankenschwester: »Was gibt's?«

»Kann ich hereinkommen, bloß für eine Minute?«

»Nein, jetzt nicht. Ich rufe Sie, wenn Sie kommen können. Jetzt noch nicht.«

Julia ging ins Wohnzimmer zurück und trank noch eine Tasse Tee. Niemand sprach. Ab und zu fing Norah leise an zu weinen; dann trocknete sie sich die Tränen und putzte sich die Nase und saß wieder reglos da, mit gesenktem Kopf.

Gegen fünf klopfte die Schwester an die Tür und rief nach Norah. Im Gang wurde längere Zeit geflüstert, und dann, nach einer Weile, steckte die Schwester wieder den Kopf herein und holte Julia. Sie folgte der Frau ins Schlafzimmer. Anders als sie erwartet hatte, wirkte es leer, und sie war verwirrt, so als wäre irgendein Trost, den sie dort zu finden gehofft hatte, ausgeblieben.

»Sieht sie nicht schön aus?« sagte die Schwester.

Doch Julia fand, daß das eingefallene, mit einem weißen Tuch umwickelte Gesicht ihrer Mutter erschreckend aussah – entsetzlich erschreckend, wie eine Maske. Immer schon hatten Masken sie erschreckt und fasziniert.

Sie nahm sich zusammen und beugte sich nieder, um die Tote zu küssen.

Norah streckte die Hand aus und drückte den Arm ihrer Schwester. Sie war sehr müde und traurig, doch neben der Trauer empfand sie ein Gefühl der Ruhe, das sie sanft und mitleidig gegenüber jedermann stimmte, im Augenblick selbst Julia gegenüber. Es war, als sei der harte Kern ihres Herzens geschmolzen.

Als sie das Schlafzimmer verließen, sagte sie sehr sanft: »Geht es dir auch bestimmt gut, Julia?«

»O ja«, sagte Julia. Es ging ihr gut. Sie war nur sehr schläfrig, schrecklich schläfrig, wie ein Kind nach einem sehr aufregenden Tag.

3

Draußen auf der Straße dachte Julia plötzlich: ›Ich seh' bestimmt gräßlich aus.‹

Sie stellte sich an einen Laternenmast, puderte sich das Gesicht und zog sich den Hut über die Augen. ›Es ist, als wäre seit gestern abend ein Jahr vergangen‹, dachte sie.

An der Straßenecke spielte eine Drehorgel, und das brachte sie beinahe wieder zum Weinen. Sie versuchte, zu der holpernden Melodie die Worte zu finden:

Go rolling down to Rio
(Roll down – roll down to Rio!)
And I'd like to roll to Rio
Some day before I'm old!

Auf dem ganzen Heimweg dachte sie: ›Wenn ich Glück hab', begegne ich niemand auf der Treppe. Sie müßten jetzt alle beim Essen sein.‹

Sie öffnete die Tür zu ihrer Pension sehr sachte und vorsichtig. In der fünften Etage ging die Tür gegenüber ihrem Zimmer auf, und ihre Nachbarin, eine kleine dünne Frau mit dunklen Haaren, streckte den Kopf heraus.

»Guten Abend«, sagte sie.

»Guten Abend«, sagte Julia.

»Gehen Sie nicht runter zum Essen?«

Julia schüttelte den Kopf. Auf einmal war sie unfähig zu sprechen.

»Wollen Sie dann nicht wenigstens einen Schluck Tee trinken?« sagte die Frau und starrte sie neugierig an. »Ich mache mir gerade selbst eine Tasse.«

»Nein«, antwortete Juli. »Nein danke.« Sie ging rasch in ihr Zimmer und schloß die Tür ab.

Sowie sie allein war, hatte sie nicht mehr den Wunsch, zu weinen, und sie sehnte sich nur noch nach Schlaf. Dumm war bloß, daß die Drehorgelmelodie ihr noch immer im Kopf herumging, und sie konnte die Worte nicht recht damit in Einklang bringen:

Yes, weekly from Southampton,
Great steamers, white and gold,
Go rolling down to Rio
(Roll down – roll down to Rio!)
And I'd like to roll to Rio
Some day before I'm old.

Neuntes Kapitel
Golders Green

Julia sagte: »Wieviel kosten diese Rosen?«

»Sechs Shilling der Strauß, Madam. Rosen sind teuer um diese Jahreszeit«, sagte der Blumenhändler.

Es waren rote Rosen; sie sahen allerdings empfindlich und schon etwas welk aus. Die Stengel waren lang und dünn. Sie würden nicht lange halten.

Julia dachte: ›Die armen Dinger, was für ein trauriges Ende sie erwartet!‹ Doch sie wußte noch, daß sie am Tag zuvor beschlossen hatte, Rosen für ihre Mutter zu kaufen.

»Geben Sie mir den Strauß«, sagte sie. Sie nahm ihre letzte Zehnshillingnote aus der Tasche.

Als sie am Nachmittag mit den Rosen ankam, suchte Norah nervös nach dem Totenschein, den sie verloren zu haben glaubte. »Wo ist er? Ich weiß, daß ich ihn irgendwo hingelegt habe.«

»Ach, er wird schon wieder zum Vorschein kommen. Reg dich nicht auf«, sagte Miss Wyatt.

Julia saß stumm vor dem Kamin. Sie sah krank aus. Norah dachte, sie mache einen verlorenen Eindruck, doch sie war zu beschäftigt, um darüber nachzudenken. Sie kam herein und fragte: »Hör mal, Julia, meinst du, daß der Chor singen sollte?«

»Nein«, sagte Julia. »Warum?«

Norah sagte: »Ich glaube, es hätte ihr gefallen.«

»Also gut, dann bestell ihn doch, bestell ihn.«

»Es ist nur so, daß ich so wenig Geld im Haus habe«, sagte Norah bedrückt. »Ich habe so Angst, daß es nicht reicht.«

Schließlich wurde entschieden, daß sie einen Organisten bestellen würden, aber nicht den Chor. Der Chor war ein Luxus, den sie sich nicht leisten konnten. Und dann beschlossen sie, daß Chopin sich besser eigne als der Trauermarsch aus ›Saul‹. Und dann sagte Julia, sie müsse gehen, sie sei entsetzlich müde, sie habe überhaupt nicht geschlafen, sie müsse nach Hause.

»Kommst du morgen?«

»Nein«, sagte Julia. »Das heißt, ich bin nicht sicher.«

»Jedenfalls bis du am Freitag hier«, insistierte Norah. »Freitag um neun.«

»O ja, dann schon«, sagte Julia. »Selbstverständlich«.

An der Tür wandte sie sich um und sagte: »Die Rosen. Stellst du sie bitte ins Wasser? Nein – nicht reintun.«

2

Am Freitagmorgen um neun dachte jeder: ›Warum fangen wir nicht an?‹

»Wir warten noch auf Julia«, flüsterte Norah Onkel Griffiths zu.

»Also weißt du, ich würde nicht endlos warten, wenn ich du wäre«, flüsterte er zurück. »Ganz bestimmt nicht.«

Norah war elend zumute; sie dachte: ›Ich wußte, daß es irgendein Hindernis geben würde.‹

Ihr Herz schlug vor Aufregung. Sie hatte das Gefühl, es sei ein unerträgliches Unglück, eine Schande, der Tropfen, der das Faß zum Überlaufen brächte, wenn ihre Schwester nicht käme. Als es läutete, war sie so erleichtert, daß sie vergaß, sich zu ärgern.

Julia sagte: »Es tut mir leid; es ging nicht früher.«

Sie gingen zusammen ins Wohnzimmer, wo zwei Frauen saßen, die Julia nicht kannte.

Jemand rief geschäftig: »Die Damen für den ersten Wagen, bitte.« Und dann: »Die Damen für den zweiten Wagen.«

Mit feierlichen Gesichtern zogen alle durch die Haustür zu den wartenden Wagen.

Im ersten Wagen saßen Norah und Julia nebeneinander, Miss Wyatt und Onkel Griffiths ihnen gegenüber. Julia hatte sich seitlich hingesetzt, damit ihre Knie nicht die ihres Onkels berührten. Er warf ihr einen mißbilligenden, beinahe arglistigen Blick zu, dann wandte er sich ab und sah aus dem Fenster. Er wirkte wie aus dem Ei gepellt, feierlich und ehrenwert, doch an diesem Morgen kam er sich alt und sehr melancholisch vor.

Er dachte daran, wie unsympathisch ihm diese Frau war, ihr Gesichtsausdruck und ihre Augen, die sagten: ›Ach laß mich doch um Gottes willen in Ruhe. Ich trete dir nicht zu nahe; du hast kein Recht, mir zu nahe zu treten. Ich habe genausogut das Recht zu leben wie du.‹ Aber man wußte ganz genau, daß Leute wie sie, während sie diese Miene zur Schau trugen, sich die gemeinen Schimpfworte ausdachten, die sie gebrauchen würden, die schmutzigen Tricks, die sie versuchen würden anzuwenden, wenn sie sich einbildeten, man würde sie nicht in Ruhe lassen.

3

Es war ein milder Tag. Der Himmel hatte die seltene dunstige zartblaue Farbe des Londoner Himmels im Frühling. Eine solche Süßigkeit lag in der Luft, daß man davon ganz benommen wurde. Sie rief eine Hoffnung wach, die ein heimlicher Schmerz war.

Julia beobachtete die vorbeiziehenden Schatten – die eckigen Schatten der Häuser und die dunklen, schlanken Schatten der blattlosen Bäume, die an eine ungleiche Reihe von Tänzern in der »Arabeske«-Position erinnerten.

Sie hörte Onkel Griffiths sagen: »O ja, diese Leute müssen heutzutage von allem nur das Beste haben. Das beste Fleisch, die beste Butter...«

Norah schwieg und blickte auf ihre im Schoß gefalteten Hände.

4

Der Wagen hielt. Sie gingen zusammen in einer kleinen Prozession zur Kapelle des Krematoriums, wo ein Pfarrer mit sehr hellen blauen Augen wartete. Auch das war ein Traum, doch ein schmerzhafter Traum, denn der Gedanke ließ sie nicht los, sie sei nahe daran, das zu sehen, was sich hinter all diesem Gerede und Posieren verbarg, und das Gerede und das Posieren solle nur verhindern, daß sie es sah. Jetzt mußte man aufstehen; jetzt mußte man niederknien; jetzt mußte man sich erheben.

Doch während der ganzen Zeit, in der sie dastand, kniete und zuhörte, litt sie, denn ihr Hirn strengte sich ungeheuer an, um gegen das Nichts anzukämpfen. Und die Anstrengung schmerzte; dennoch gelang es ihr beinahe. Noch eine Minute, und sie würde es wissen. Und dann war ein Damm in ihrem Kopf gebrochen, und sie stützte den Kopf auf die Arme und schluchzte.

Der Sarg glitt langsam, fast unmerklich nach vorn. Norah beobachtete ihn mit weit offenen Augen. Ihre Hände umklammerten den Rücken der Bank vor ihr. Sie blickte seitlich zu Onkel Griffiths hinüber. Er wirkte erschreckt. Ja, Angst stand in seinen Augen. Sie dachte: ›Armer alter Junge.‹

Die ganze Sache ging so langsam vor sich. Julia schloß die Augen und versuchte zu beten, doch es gelang ihr nicht. Sie machten ihre Sache gut, wirklich sehr gut. Das Wort »glatt« fiel ihr ein. Glatt.

Julia beherrschte sich nicht länger. Sie war niedergekniet und schluchzte und wünschte, sie hätte ein zweites Taschentuch mitgenommen. Sie weinte jetzt, weil ihr bewußt wurde, daß ihr Leben eine lange Folge von Demütigungen und Fehlern und Leiden und lächerlichen Bemühungen gewesen war. Allen andern ging es genauso. In diesem Augenblick stieg auf wunderbare Weise etwas aus ihrem Innersten wie eine Flamme in die Höhe. Sie war großartig. Sie stieg wie eine kühne Flamme in die Höhe, nicht bittend, sondern drohend. Dann sank die Flamme wieder nach unten, nutzlos, ohne irgend etwas bewirkt zu haben.

Julia richtete sich auf und blinzelte. Sie hatte den Arm so fest auf die Augen gepreßt gehalten, daß sie zunächst nichts erkennen konnte. Norah war fort; sie war dem Pfarrer irgendwohin gefolgt. Onkel Griffiths hatte sich ans äußerste Ende der Bank zurückgezogen.

Sie standen alle in einer weitläufigen Säulenhalle auf der Rückseite der Kapelle. Eine weitläufige Säulenhalle. Eine Menge Blumen. Und dann ein offener Platz, gefleckt von Sonnenlicht.

Wenn man so weinte, kam man sich kindisch vor. Man konnte sich ganz kindisch trösten lassen. ›Selbstverständlich‹, dachte sie, ›du liebe Güte. Natürlich. Man muß schon sagen, das Ganze hier ist eine Menge Theater für nichts und wieder nichts.‹

Miss Wyatt kam auf sie zu und nahm sie beim Arm. Sie sagte: »Wir wollen jetzt gehen, Julia, kommen Sie.«

Sie nahmen im Wagen Platz. Es war alles vorbei. Das Leben war schön und bei Gott angenehm.

Norah sagte: »Kommst du mit zum Essen, Onkel Griffiths?«

Und Onkel Griffiths erwiderte, er habe nichts dagegen.

5

Während des Essens sprach Onkel Griffiths über Taschendiebe. Er erzählte, er habe herausgefunden – oder man habe ihm berichtet –, daß die besten Taschendiebe falsche Ärmel hätten, die sie demonstrativ über der Brust verschränkt hielten, während die echten Arme sich an die Arbeit machten. Er erzählte eine lange Geschichte von einem Taschendieb, dem er in einem Aufzug begegnet war: »Aber ich habe sofort gemerkt, was mit dem Burschen los war.«

Jemand sagte: »Und hat er Ihnen in die Tasche gegriffen?«

Onkel Griffiths sagte: »Ich habe es nicht dazu kommen lassen.«

»Der Arme«, murmelte Miss Wyatt. »Nachdem er sich soviel Mühe gegeben hatte. Hoffentlich hat er es geschafft, irgend jemand anderen zu bestehlen.«

Alle lachten.

Die Verandatür, die auf den kleinen Garten führte, stand offen. Der Raum war erfüllt von Sonnenlicht, das zu einem grauen Glanz gedämpft wurde, und dann plötzlich voller Schatten. ›Das Leben ist schön und bei Gott angenehm.‹

Norah saß da mit leicht gebeugten Schultern, als wären die Anstrengung und auch die Erleichterung vorüber und als stünde sie vor einer gewissen Leere.

Nach dem Mittagessen setzte sich Onkel Griffiths in den Lehnstuhl und redete eifrig weiter, als beruhige ihn der Klang seiner eigenen Stimme, die über seine weibliche Zuhörerschaft dominierte. Er redete und redete. Über das Leben, über Literatur, über Dostojewskij.

Er sagte: »Warum sollte man auch die Welt mit den Augen eines Epileptikers sehen?«

Julia sprach automatisch, so wie wenn das Bein vorschnellt, wenn man einen bestimmten Nerv im Knie berührt: »Aber er könnte doch die Dinge sehr klar sehen, oder nicht? In bestimmten Augenblicken wenigstens.«

»Klar?« sagte Onkel Griffiths. »Warum klar? Was meinst du mit klar?«

Niemand antwortete.

Norah sagte: »Julia, gehst du für einen Augenblick mit mir nach draußen? Ich möchte mit dir reden.«

6

Die Jalousien im Schlafzimmer, in dem ihre Mutter gelegen hatte, waren noch immer heruntergelassen, und der Raum war dunkel und kalt und sehr leer. Es duftete schwach nach Rosen, und noch nach etwas anderem roch es, etwas Muffigem, Verfaultem.

Norah sagte: »Ich wollte dir das da geben.« Sie überreichte ihrer Schwester einen dünnen Goldring mit einem roten Stein. »Sie hätte sicher gewünscht, daß du etwas bekommst.«

»Oh, danke«, sagte Julia. Sie sah unverwandt auf das Bett. Norah sagte in vertraulichem Ton und sah dabei zur Seite: »Ich habe beschlossen, sofort von London fortzugehen. Ich mache hier alles dicht. Ich fühle mich doch ziemlich elend, jetzt, wo alles vorbei ist. Wyatt kommt mit. Ich hoffe, daß ich übermorgen abfahren kann. Schreib mir und sag, wie es dir so geht, ja?«

Julia gab einen zustimmenden Laut von sich. Sie saß zusammengekauert da. Ihre Nase glänzte hell durch eine unzulängliche Puderschicht hindurch. Sie sah häßlich aus und benommen.

Norah sagte: »Und hör mal, daß du mir bloß nie diesen Ring verpfändest. Wenn du meinst, ihn verpfänden zu müssen, dann schick ihn mir zurück, und ich werde dir jederzeit ein Pfund dafür geben.«

»Oh, das tu' ich bestimmt nicht«, sagte Julia feindselig.

Dann sagte sie: »Ich hab' mir von dem Mann etwas leihen können, von dem ich dir erzählte. Da habe ich ganz schön Glück gehabt, nicht wahr?«

Sie sprach nicht weiter. Es gab nichts mehr zu sagen, doch keine von beiden machte Anstalten zu gehen. Norah stand in der Nähe der Tür. Als sie ihre Schwester ansah, hatte ihr Blick etwas Lauerndes. Er hatte etwas Lauerndes, und ein gelbes Flackern war in ihren Augen.

Sie sagte: »Es tut mir leid, daß du heute so durcheinander warst, aber ich kann verstehen, daß du dich elend fühlst. Daß dir alles leid tut.«

Julia sagte: »Leid? Aber es war Wut. Hast du das nicht verstanden? Kennst du denn nicht den Unterschied zwischen Schmerz und Wut?«

»Wut? Wieso Wut?« sagte Norah scharf.

»Oh, das ist unwichtig«, murmelte Julia. »Jetzt ist jedenfalls nicht der Augenblick, um darüber zu reden.«

Ihre Hände waren sehr kalt, und sie rieb sie in ihrem Schoß gegeneinander.

»Aber ich glaube wohl, daß jetzt der Augenblick ist, um darüber zu reden«, beharrte Norah. Dann kam ihr der Gedanke: ›Sei's drum, jetzt reicht's. Hör auf damit. Laß sie in Ruhe.‹

Und doch sprach sie mit kühler Stimme weiter: »Was meinst du mit Wut?«

Julia sagte: »Tiere sind besser als wir, glaubst du nicht? Sie heucheln nicht die ganze Zeit und lügen und spotten; das tun nur die widerlichen Menschen.«

»Du bist schon ein seltsames Geschöpf«, sagte Norah. Es machte ihr Spaß, zu beobachten, wie ihre Schwester rot im Gesicht und zornig wurde und anfing, unzusammenhängend zu sprechen.

Julia redete immer weiter, als antworte sie auf das grausame gelbe Glitzern in Norahs Augen.

»Die Menschen sind solche Bestien, solche gemeinen Bestien«, sagte sie. »Sie lassen dich eher krepieren, als daß sie dir ein paar freundliche Worte sagen, und dann lecken sie jedem die Füße, aus dem sie irgendwas herausholen können. Und glaubst du, daß ich mich an einen Haufen von gemeinen, dummen Bestien hänge? Wenn alle braven ehrbaren Leute ein einziges Gesicht hätten, ich würde es anspucken. Ich wollte, sie hätten alle ein einziges Gesicht, damit ich es anspucken könnte.«

»Das gilt vermutlich alles für mich«, sagte Norah. Sie sprach ruhig, doch ihr war ganz schwindlig. Nun stieg auch ihr das Blut ins Gesicht. Ein Kribbeln war in ihren Fingerspitzen. Sie dachte: ›Sie ist ekelhaft, genau das. Sie ist meine Schwester, und sie ist ekelhaft.‹

Julia sagte widerborstig: »Das gilt für dich? Ich weiß nicht. Ja, vielleicht.« Sie sah vor sich ein riesiges dummes Gesicht. ›Drauf spucken‹, dachte sie. ›Einmal drauf spukken, bevor ich tot bin.‹ Sie preßte die Hände zusammen und schnitt eine Grimasse.

Norah sagte: »Wenn ich anfangen wollte, dir zu erzählen, was ich von dir halte, hätte ich dir vielleicht auch manches zu sagen. Nach dem, wie du dich aufgeführt hast.« Sie dachte: ›Schluß jetzt, hör auf. Halt den Mund.‹

»Du hast keine Ahnung davon, wie ich mich aufgeführt habe«, sagte Julia. »Keine Ahnung. Was weißt du von mir, was scherst du dich um mich? Einen Dreck. Hör gut zu! Als ich gesehen habe, daß du anders geworden bist und älter aussiehst, so, als hättest du eine schwere Zeit durchgemacht, da habe ich geweint, verstehst du? Ich habe deinetwegen geweint. Hast du je meinetwegen eine einzige Träne vergossen? Du hast mich kein einziges Mal so angesehen, als ob es dir etwas ausmachen würde, ob ich lebe oder sterbe. Und du glaubst, ich weiß nicht, weshalb? Weil du neidisch bist. Das ist der wahre Grund. Ihr alle, die ihr zu allem ja und amen gesagt habt – ihr seid einfach neidisch. Glaubst du, ich wüßte das nicht? Ihr seid neidisch auf mich, neidisch, neidisch. Zerfressen von Neid.«

Norahs Gesicht wurde dunkelrot, dann weiß. Sie hob drohend die Hand.

»Neidisch«, kreischte Julia. Dann überkam sie ein entsetzlicher Anfall von Mitleid, denn das Gesicht ihrer Schwester war so weiß – weiß, mit bläulichen Lippen.

Norah machte die Tür auf und rannte laut schluchzend durch den Gang. Sie verschwand im Wohnzimmer und schloß die Tür hinter sich. Julia folgte ihr, hörte, wie sie sprach und schluchzend Erklärungen abgab, und begann, sich schreiend und zusammenhanglos zu verteidigen, durch die geschlossene Tür hindurch. »Ich hab' nicht angefangen. Ich war es nicht.«

Die Tür des Wohnzimmers öffnete sich, und Onkel Griffiths erschien. Er sagte: »Hör sofort auf, solchen Krach zu machen. Es ist eine Schande; es ist unerhört. Und das ausgerechnet an so einem Tag. Du hast vergessen, wie man sich unter anständigen Leuten benimmt. Das hier«, sagte Onkel Griffiths mit Nachdruck, »ist ein ordentliches Haus.«

»Du widerlicher alter Mann«, sagte Julia.

Onkel Griffith zog sich rasch und würdevoll zurück und machte ihr die Tür vor der Nase zu.

Sie blieb einen Augenblick draußen und hörte zu, wie Norah gleichzeitig schluchzte und redete. Dann ging sie ins Schlafzimmer zurück. Und plötzlich war sie unendlich ruhig und gleichgültig gegenüber allem, was je geschehen war oder ihr je noch geschehen konnte. So ging es ihr immer. Gerade dann, wenn ihr der Kopf im nächsten Augenblick zu platzen drohte, ging es ihr so. Sie saß gelassen da, die Knie etwas auseinander, die Augen starr und ruhig.

Sie spürte nichts, nur Müdigkeit und den Wunsch, man ließe sie endlich ausruhen, ganz friedlich, hier in diesem verdunkelten Zimmer. Es kam ihr vor, als sei sie schon immer hier gewesen und würde immer hier sein, und aufzustehen, sich zu bewegen wäre unmöglich. Sie mußten sie aber allein lassen, sie in Ruhe lassen. Dann verschwand auch dieser Gedanke. Sie trieb dahin ... trieb dahin ... Und schloß die Augen.

Sie hörte jemand den Flur entlanggehen. Die Haustür wurde geschlossen. Beinahe gleich darauf kam Miss Wyatt herein.

Miss Wyatt sagte mit sachlicher Stimme und mit einer Kopfbewegung zum Wohnzimmer hin: »Sie haben dort drin eine ganze Menge Unheil angerichtet.«

Julia öffnete die Augen und sah mit einem dümmlichen Ausdruck hoch.

Miss Wyatt sagte: »Ich denke, es wäre besser, wenn Sie nicht länger hier blieben, glauben Sie nicht? Kommen Sie jetzt, da ist Ihr Hut. Sie sollten lieber heimgehen und versuchen, sich zu erholen.«

Julia nahm den Hut, betrachtete ihn erstaunt und setzte ihn dann ungeschickt auf. Sie nahm die Puderdose aus ihrer Tasche und steckte sie wieder zurück, offensichtlich im Glauben, sie habe sie benutzt. Miss Wyatt beobachtete sie mit hochgezogenen Augenbrauen. Dann, als Julia noch immer keine Anstalten machte, zu gehen, legte sie die Hand auf ihre Schulter, und wiederholte in bestimmtem Ton: »Kommen Sie, Sie müssen gehen. Ich kann's nicht zulassen, daß Norah sich noch einmal so aufregt. Sie hat schon genug durchgemacht.«

»Aber auch ich hab' einiges durchgemacht«, sagte Julia mit trauriger, ruhiger Stimme. »Das können Sie mir glauben!«

»Das bezweifle ich nicht«, stimmte Miss Wyatt zu. »Sie können Norah schreiben, wenn Sie noch etwas zu sagen haben, aber Sie können jetzt wirklich nicht länger hierbleiben.«

Julia stand auf. »Oh, Sie brauchen keine Angst zu haben«, sagte sie. »Ich werde nie mehr irgend jemand von euch belästigen, nach dieser Geschichte. Bestimmt nicht.«

Sie ging auf die Haustür zu und versuchte dabei auf etwas groteske Weise, den Eindruck von Würde zu erwecken. Dann blieb sie wieder stehen.

»Kommen Sie jetzt«, sagte Miss Wyatt beschwichtigend, aber bestimmt. Sie legte ihre Hand auf Julias Schulter, gab ihr einen ganz leichten Schubs und schloß sachte die Tür hinter ihr.

7

Norah saß auf dem Sofa. Sie sagte: »Wo ist Julia?«

»Sie ist nach Hause gegangen«, antwortete Miss Wyatt. »Und das ist auch besser für sie.«

»O nein«, sagte Norah hysterisch. »Wir können sie nicht einfach so wegschicken. Ich glaube, sie hat überhaupt kein Geld.«

»Meine Liebe«, sagte Miss Wyatt, »du legst dich jetzt hin und bleibst ganz ruhig. Deine Schwester wird dir schreiben.«

»Oh«, sagte Norah.

»Aber sicher«, sagte Miss Wyatt verächtlich. »Ganz bestimmt wird sie schreiben.«

Norah lehnte sich mit geschlossenen Augen zurück. Sie dachte: ›Mein Gott, wie hartherzig ich geworden bin!‹ Ihre Lippen zitterten. ›Was ist mit mir passiert?‹ Einen Augenblick lang hatte sie Angst vor sich selbst.

Bald danach hörte sie von der Küche her das Klappern von Teetassen auf Untertassen. Ein Gefühl der Ruhe breitete sich in ihr aus, von den Knien bis zu den Augen. Die Uhr tickte: »Du bis noch jung – noch jung – noch jung.«

Als Onkel Griffiths aus der Apotheke am Ende der Straße trat, sah er Julia näher kommen. Beim Gehen bewegte sie sich ruckartig von einer Seite zur andern, wie eine müde und nicht mehr junge Frau, die auf sehr hohen Absätzen geht. Die Leute drehten sich um und sahen ihr nach.

Onkel Griffiths dachte: ›Was wird bloß aus ihr werden, frage ich mich?‹ Und entschlossen ging er auf die andere Straßenseite hinüber.

Zehntes Kapitel
Notting Hill

Während Julia so dahinging, kam sie sich vor wie ein Kind, friedlich und geläutert. Weil sie sich keine Zukunft vorstellen konnte, stand die Zeit still. Und so, als wäre sie ein Kind, war alles, was sie sah, höchst interessant und dazu angetan, sie abzulenken und ihr zu gefallen. Sie sah in die Gesichter der Passanten, nicht mißtrauisch oder schüchtern, wie sie es gewöhnlich tat, sondern freundlich und zutraulich.

Sie ging zur U-Bahn-Station am Ende der Straße und kaufte einen Fahrschein nach Notting Hill Gate. Während sie dasaß und wartete, kam ein Mann auf den Bahnsteig gerannt, sah sich nach rechts und links um, ob ein Zug käme, und ließ sich dann schwerfällig neben ihr nieder. Er war klein und dick, trug einen ordentlichen grauen Anzug, einen dunklen Mantel und einen grauen Filzhut. Er beugte sich zu Julia hinüber und fragte: »Können Sie mir sagen, ob das der richtige Bahnsteig in Richtung Oxford Circus ist?«

»Ja«, sagte Julia. »Ich denke schon.«

»Ich bin fremd hier«, sagte der Mann. »Ich kenne mich hier nicht besonders gut aus.«

Als der Zug einfuhr, folgte er ihr in einen nahezu leeren Waggon. Zwei Männer saßen drin, die Augen unverwandt auf ihre Zeitung geheftet, und eine Frau mit einer großen Aktentasche, die mit einem affektierten, verstohlenen Gesichtsausdruck ihre Lippen verzog, als sie merkte, daß Julia sie ansah.

Der dicke Mann, der sich neben Julia gesetzt hatte, sagte: »Es ist ein bißchen einsam hier, wenn man fremd ist.«

Er sah sie von der Seite an, während er sprach.

»Sind Sie aus London?«

»Nein«, sagte Julia.

»Ah«, sagte er. »Das habe ich mir gedacht. Ich dachte, Sie sehen ein bißchen so aus, als ob Sie auch hier fremd wären.«

Er redete weiter. Er sagte, er sei aus Südafrika, den größten Teil seines Urlaubs habe er in Berlin verbracht, sich aber gedacht, er wolle sich noch kurz London ansehen, bevor er zurückging. Wie berauscht von diesem langen Monolog über sich selbst, schloß er dann: »Hätten Sie Lust, heute abend mit mir essen zu gehen?«

»Nein«, sagte Julia. »Ich kann nicht.«

»Dann morgen?«

Sie schüttelte den Kopf.

Der Mann sagte: »Würden Sie mir an diese Adresse schreiben oder mich da anrufen? Ich bin noch für ein paar Wochen hier.«

Er gab ihr eine Karte mit seinem Namen und der Adresse eines Clubs. Ohne einen Blick darauf zu werfen, ließ Julia sie in ihren Schoß fallen und sagte mit mechanischem Lächeln: »Ja« und »Ja, gewiß. Ja.«

Als der Zug an der Station Notting Hill Gate anhielt, stand sie rasch auf, und die Karte fiel aus ihrem Schoß auf den Boden. Der Mann starrte ihr nach und wurde rot. Dann sah er sich hastig um. Niemand sah zu ihm hin. Er hob die Karte auf, säuberte sie, steckte sie zurück in seine Tasche, schlug die Beine übereinander und nahm wieder Haltung an.

2

Julia schloß ihre Tür ab, setzte sich aufs Bett, die Hände auf den Knien, und starrte ziemlich ratlos vor sich hin. Dann seufzte sie, nahm den Hut ab und legte sich hin, wobei sie sich das Haar mit einer gleichmäßigen, mechanischen Geste aus der Stirn strich. Sie war entsetzlich müde, und es tat gut, sich hinzulegen. Doch ihre Fingerspitzen kribbelten, und die Nackenmuskeln waren angespannt. Ihre Gedanken waren wirr und verschwommen. Sie war überzeugt, daß sie, sollte plötzlich ein Fremder vor ihr auftauchen und sie in scharfem Ton nach ihrem Namen fragen, nicht wüßte, was sie antworten sollte.

Gegen sieben brachte ihr das Zimmermädchen mit den gelbblonden Haaren einen Brief hoch.

Liebe Madam Martin,

es tut mir wirklich leid, aber ich muß unser Essen heute abend verschieben. Ich habe eine sehr dringende geschäftliche Verabredung, die einfach eingehalten werden muß. Bitte verzeihen Sie mir. Ich hoffe sehr, daß wir uns noch sehen, bevor Sie nach Paris zurückfahren.

Mit herzlichen Grüßen
Ihr George Horsfield

Als Julia die Augen wieder öffnete, war es dunkel. Der Gedanke, allein in dem dunklen Zimmer zu bleiben, war ihr entsetzlich, und als sie sich ankleidete, blickte sie zweimal unvermittelt und ängstlich hinter sich.

3

Die Straße war ein dunkler Tunnel zwischen den hohen Mauern der Häuser. Weit weg, am anderen Ende, sah sie einen Mann, der sehr rasch ging und dabei die Arme bewegte wie ein großer, dünner, flügelschlagender Vogel. Unter einer Laterne holte er sie ein.

»Ich bin schrecklich froh, daß ich Sie noch erwischt habe«, sagte Mr. Horsfield ziemlich verlegen. »Sie sehen, ich habe es doch noch geschafft, meine Verabredung zu verschieben.«

Dann sagte er: »Ich hatte das Gefühl, ich müßte kommen. Ich wollte Sie sehen.«

»Das freut mich«, sagte Julia, doch sie war nicht überrascht. »Ich wollte heute abend nicht allein sein.«

»Ausgezeichnet«, sagte Mr. Horsfield erfreut. »Und Sie können mit mir essen gehen?«

Die Frage schien sie zu überraschen; sie nickte.

Während sie nebeneinander hergingen, fand Mr. Horsfield, daß ihre Einfachheit etwas zu Herzen Gehendes hatte.

Er sagte: »Mochten Sie das Lokal, wo wir neulich abends waren? Sollen wir dort wieder hingehen?«

Sie murmelte: »Ich bin müde, zu müde, um weit zu gehen. Es sollte besser irgendwas in der Nähe sein.«

»Ich kenne kein anständiges Restaurant hier in der Umgebung«, sagte Mr. Horsfield.

»Das macht nichts«, antwortete sie. »Mir ist jedes Lokal recht – wenn es nur in der Nähe ist.«

»Was ist los? Ist irgendwas passiert?« wollte Mr. Horsfield wissen.

Sie war versucht zu lachen und zu sagen: ›Sie glauben doch nicht, ich sei verrückt, oder? Ihnen zu sagen, was passiert ist. Sie würden mich einfach unter einem Vorwand stehen lassen, wenn ich Ihnen sagte, was wirklich passiert ist.‹ Als wenn sie mittlerweile nicht gewußt hätte, daß man nur eines tun konnte, wenn es einem schlecht ging: es so lang wie möglich zu verschweigen.

Sie sagte: »Warum? Nein. Nichts ist passiert.«

»Nun, es gibt ein italienisches Lokal nicht weit von hier. Sollen wir es dort versuchen?«

4

Das Restaurant war lang und schmal. Lampen mit roten Schirmen standen auf den Tischen, und die Wände waren dekoriert mit Bildern von toten Hummern und Geflügel, auf Platten serviert und zum Essen angerichtet, mit Blumen und aufgetürmten Früchten in vergoldeten Körben.

Als Julia und Mr. Horsfield das Lokal betraten, war dort die Atmosphäre gespannt. Ein Streit war im Gange. Ein Gast schnauzte den Kellner an, die Suppe sei ungenießbar, und die übrigen Gäste hörten betroffen, doch mit schadenfrohem Lächeln zu, wie brave kleine Buben, die gleich mitanhören würden, wie man den bösen kleinen Buben ausschalt. Der Mann, der sich beschwerte, spürte offenbar die allgemeine Mißbilligung, denn er hob die Hand, um sie vor sein Gesicht zu halten, das immer röter wurde. Trotzdem bellte er noch einmal: »Nehmen Sie's weg! Das esse ich nicht. Das ist keine Currysuppe, das ist Spülwasser.«

Mr. Horsfield sagte: »Lassen Sie uns einen Gin mit Wermut trinken und dann woanders hingehen.«

»Nein«, sagte Julia. »Warum? Es ist doch gar nicht schlecht hier.«

Dem aufsässigen Herrn wurde die Rechnung ausgehändigt, und mit hochrotem, doch immer noch eigensinnigem Gesicht verließ er das Lokal. Der Kellner sagte laut hinter ihm her: »Manche Leute wissen nicht, wie sie sich in einem guten Restaurant zu benehmen haben.« Und eine sehr dünne, schwarzgekleidete Frau, die an der Kasse saß, wiederholte mit dünner, affektierter Stimme: »Manche Leute sind gute Restaurants einfach nicht gewöhnt.«

Die Tür schlug hinter dem Rücken des aufsässigen Gentleman heftig zu, und gleich darauf herrschte im Restaurant eine Atmosphäre der Zurückhaltung, der Wohlanständigkeit und der absoluten Vornehmheit. Selbst der dicke Italiener, der gegenüber Mr. Horsfield saß, wurde davon angesteckt. Besorgt begann er seine Zähne zu säubern und versteckte dabei den Zahnstocher hinter der vorgehaltenen Hand.

Während der ganzen Mahlzeit redete Mr. Horsfield, ohne zu überlegen, was er sagte. Er war erfüllt von einem grundlosen Gefühl der Erwartung.

Er bemerkte, daß Julia erschöpft wirkte, so, als habe sie geweint. Und doch fand er, ihr Gesicht wirke schmaler und irgendwie jünger als beim letzten Mal. Ihre Augen hatten einen unbestimmten Ausdruck, wenn sie ihn ansah, als sähe sie ihn gar nicht.

Draußen fiel leichter Regen. Trotz des Regens war die Dunkelheit ölig. Eine Frau in einem langen Mantel ging an ihnen vorbei; sie murmelte vor sich hin und wirkte traurig und verloren, wie ein herrenloser Hund.

Juli sagte: »Was ist das da drüben? Das rote Licht mit dem Schild *Dancing*? Gehen wir doch dorthin.«

5

Über eine schmale Treppe kamen sie in einen großen Raum, wo ungefähr ein Dutzend Personen an kleinen Tischen saßen und Limonade oder Kaffee tranken. Ein Grammophon spielte ›Hallelujah‹, und zwei Paare tanzten auf einer rechteckigen Fläche in der Mitte des Raums. Die Mädchen waren jung und hübsch. Der eine der beiden Männer war jung, hatte glatt zurückgekämmtes Haar und sah selbstzufrieden aus. Der zweite Tänzer war dünn und recht alt, eher siebzig als sechzig, und trug einen sehr locker sitzenden grauen Anzug. Sein Gesicht wirkte leichenhaft, die Nase war lang nach unten gebogen. Er lächelte unaufhörlich, während er tanzte, und zeigte dabei ganz gelbe Zähne.

Mr. Horsfield blickte in die Runde und seufzte. Er war ein wenig erstaunt. Noch nie zuvor war ihm ein solches

Lokal in London begegnet. Man hätte so etwas eher in der Provinz oder in einer weit entfernten Vorstadt erwartet.

Er sagte zu dem umherschlendernden Kellner: »Zwei Kaffee, bitte.«

Julia sah dem alten Mann auf der Tanzfläche zu und schien ganz in diesen Anblick vertieft. Mr. Horsfield sagte: »Möchten Sie einen Kaffee?«

Julia schüttelte den Kopf und antwortete, ohne die Augen abzuwenden: »Nein danke, einen *fine* – einen Brandy.«

»Ich fürchte, dafür ist es schon zu spät«, erklärte er. »Aber wissen Sie, vielleicht bekommen wir um diese Zeit im Café Royal noch etwas zu trinken.«

»Aber es ist doch ganz nett hier, oder?«

Die Grammophonmusik hörte auf. Eine Frau kam aus einem Hinterzimmer heraus und legte eine neue Platte auf. Der alte Herr und noch ein zweiter Mann in Knikkerbockern begannen mit anderen Partnerinnen zu tanzen. Mr. Horsfield spürte, daß die milde und wohlwollende Stimmung, die der Chianti zum Abendessen bewirkt hatte, allmählich von ihm wich.

Nach einer Weile sagte er zu Julia: »Finden Sie nicht, daß es hier ein wenig trist ist?«

Ihm wurde bewußt, daß ihm das Lokal mißfiel, und er war verärgert über die einsilbigen Antworten, die Julia jedesmal gab, wenn er sie ansprach. Es war, als höre sie kaum auf das, was er sagte. Er fand, sie betrachte die Tanzenden so, als hätte sie noch nie zuvor jemanden tanzen sehen.

Als sie ungefähr eine halbe Stunde dagesessen hatten und er gerade sagen wollte: ›Hören Sie, macht es Ihnen was aus, wenn wir weggehen und es irgendwo anders versuchen?‹, sah er, daß der alte Herr auf ihren Tisch zukam. Er ging affektiert auf den Zehenspitzen.

»Darf ich bitten?« sagte er zu Julia.

Als er sich über den Tisch beugte, sah sein Gesicht im nach oben gerichteten Schein der Lampe aus, als bestünde es nur aus Knochen und Höhlungen, wie ein Totenkopf.

›Ein entzückender alter Knabe!‹ dachte Mr. Horsfield. Er sah zu Julia hinüber. Ihre Augen hatten einen überraschten, fast entsetzten Ausdruck.

»Ja, gern«, sagte sie atemlos.

Sie stand auf, bewegte sich gezwungen, mit einem unangebrachten Elan.

›Sie ist wirklich ein bißchen verschroben‹, dachte Mr. Horsfield. Doch er fühlte sich verärgert und deprimiert. Er nahm sich vor, eine Weile nicht zu den Tanzenden hinzusehen.

Als er schließlich hinschaute, sah er, wie sich Julias Partner sehr eng an sie preßte, leicht über ihre Schulter gebeugt; er nahm gewissermaßen ganz von ihr Besitz und lächelte vor sich hin. Wie idiotisch war doch diese ganze Tanzerei, idiotisch und ziemlich sinister!

Julias Körper schien sich dem Tanz völlig hinzugeben, doch wirkte es nicht sinnlich, sondern war nur Ausdruck ihrer Erschöpfung.

Mr. Horsfield senkte verdrossen die Augen, so daß er, als Julia und ihr Partner an seinem Tisch vorbeitanzten, nur ihre Beine sah, die in den fleischfarbenen Strümpfen reichlich plump wirkten. Ihm kam es vor, als bewege sie sich steif und ziemlich ruckartig. Es war, als beobachte man ein mechanisches Spielzeug, dessen Federwerk beinahe abgelaufen war.

»Ich gratuliere Ihnen zu Ihrer Partnerin, Sir. Ich gratulierte Ihnen wirklich zu Ihrer Partnerin«, sagte der alte Narr. Dann blieb er immer noch stehen, schwatzte und wartete offensichtlich darauf, daß das Grammophon wieder zu spielen anfing.

Mr. Horsfield lächelte gezwungen und sagte ein paar höfliche Floskeln. Dann erklärte er, er wolle Zigaretten holen, und verließ den Saal, als sie wieder zu tanzen begannen. Er brauchte eine Weile, bis er einen Automaten fand.

Als er wieder bei der Tanzdiele ankam, brannte das rote Licht vor der Tür nicht mehr. Er sah auf die Uhr. Es war fünf Minuten vor zwölf. Rasch stieg er die Treppe hinauf.

Julia saß allein am Tisch. Er hob die Augenbrauen und sagte in ironischem Ton: »Nun?«

Sie lachte so hysterisch, daß er ganz bestürzt war und sich ziemlich nervös umsah. Der Mann in den Knickerbockern starrte sie beide an und sagte etwas mit spöttischer Miene. ›Dieser Nervtöter!‹ dachte Mr. Horsfield und starrte kühl zurück. Er machte dem Kellner ein Zeichen.

»Gehen wir, ich nehme an, hier wird gleich geschlossen«, sagte er zu Julia.

6

Im Taxi lehnte sie den Kopf nach hinten und schloß die Augen. Er meinte, noch nie jemanden so vollkommen unbeweglich gesehen zu haben.

Als sie vor ihrer Pension hielten, legte er seine Hand auf die ihre und sagte: »Da wären wir.«

Sie stiegen aus, und er bezahlte den Chaffeur.

»Gute Nacht«, sagte Mr. Horsfield mechanisch.

»Nein«, flüsterte sie.

Er starrte sie an.

Sie sagte: »Sie dürfen mich nicht allein lassen. Lassen Sie mich nicht allein. Sie müssen bei mir bleiben. Bitte.«

Er dachte: ›Das habe ich kommen sehen.‹

Dann sagte er langsam: »Gewiß, wenn Sie wollen.«

Elftes Kapitel
Es hätte überall sein können

Sie stieg wortlos die Stufen zum Eingang hoch und steckte den Schlüssel ins Türschloß.

»Aber wenn Sie jemand sieht?« fragte sie.

Ihre Stimme klang, als zittere sie. Er dachte: ›Nun, dann wirst du rausgeworfen, mein Kind, soviel steht fest.‹ Er sagte: »Für mich hat es den Anschein, als seien hier alle schon längst schlafen gegangen. Ich kann gehen, ohne das leiseste Geräusch zu machen. Niemand wird mich hören, das verspreche ich Ihnen. Knarren die Treppen?«

»Die oberste ein bißchen«, sagte sie. »Die andern nicht. Mein Zimmer ist im obersten Stock.«

»In Ordnung«, sagte er. »Ich werde aufpassen. Ich kann ganz schön leise gehen.«

Er legte die Hand auf ihren Arm und spürte, daß sie zitterte. Das verstärkte noch sein Gefühl der Erregung und des Triumphs.

»Kommen Sie«, sagte er.

Er drehte den Schlüssel um und ging als erster ins Haus.

Als sich die Tür hinter ihnen schloß, waren sie von Dunkelheit und Stille umgeben.

Sie gelangten an die Treppe. Er griff nach dem Geländer und ging lautlos hinter ihr hoch. Julia war in der Dunkelheit nicht zu sehen, doch er folgte dem Geräusch ihrer Schritte und setzte vorsichtig einen Fuß vor den andern, so daß kein Lärm entstand.

Es war eine stabile Treppe; sie knarrte nicht ein einziges Mal.

Stumm stiegen sie hinauf, wie Menschen in einem Traum. Und wie in einem Traum wußte er, daß das ganze Haus stabil gebaut war, mit riesigen Zimmern – dunklen, rechteckigen Zimmern, vollgestopft mit plumpen, chintzbezogenen Möbeln; bestimmt hingen dunkle Vorhänge vor den hohen Fenstern. Er wußte sogar, wie die Straße draußen aussehen würde, wenn man die Vorhänge zur Seite zog – eine graue Straße und gegenüber hohe dunkle Häuser.

Auf dem Treppenabsatz im vierten Stock blieb Julia einen Augenblick stehen und lauschte. Dann gingen sie miteinander die letzten Holzstufen hoch.

Auf diesem Stockwerk gab es drei Türen. Julia öffnete eine davon sehr vorsichtig, machte Licht und drehte von innen den Schlüssel um, als Mr. Horsfield an ihr vorbei war.

Es war ein großer, karg möblierter Raum. Mr. Horsfield ging zum Fenster hinüber, das auf den Garten nach hinten sah, den sich alle Häuser auf dieser Seite der Straße teilten. Ein schwarzes Viereck. Er sah die kahlen Zweige eines Baums, die sich wie feine Spitze gegen die Dunkelheit abhoben. Ganz aus der Ferne hörte er das Rattern und das langgedehnte Pfeifen eines Zugs. Er dachte: ›Das muß der Great Western sein.‹

Ein leichter, verspielter Windstoß blähte die Vorhänge.

»Bitte machen Sie das Fenster zu«, sagte sie. »Es ist kalt.«

Er schloß das Fenster und zog die Vorhänge zu, dann wandte er sich zur Zimmermitte hin. Er bemühte sich, dabei nicht den geringsten Laut zu verursachen.

»Ich habe nur eine Nachbarin«, sagte sie. »Sie schläft. Hören Sie nur … Und hier ist das Badezimmer. Das ist alles.«

Sie tat einen tiefen Seufzer, bückte sich und zündete den Gasofen an.

»Setzen Sie sich hierhin, ich nehme das Kissen.«

Sie lehnte den Kopf zurück und sagte: »Ich bin müde, so müde.«

Er streckte die Hand aus, um ihr Haar zu berühren, zog sie dann wieder zurück, weil etwas einen wunden

Punkt in ihm berührt hatte und er verwirrt und irgendwie nicht glücklich war.

Er sagte: »Also, Ihr Tanzpartner war eine tolle Nummer, finden Sie nicht?«

»Nein«, sagte sie. »Nein, ich fand ihn gräßlich, wirklich gräßlich.«

»Warum haben Sie dann mit ihm getanzt?«

»Manchmal muß man einfach bestimmte Dinge tun, haben Sie nie dieses Gefühl gehabt? Wenn nicht, können Sie wirklich von Glück sagen. Aber wenn Sie sich nie so gefühlt haben, hat es keinen Sinn, darüber zu reden. Denn dann würden Sie es nicht glauben.«

»Denken Sie bloß nicht, Sie wüßten, was für Gefühle ich gehabt oder nicht gehabt habe«, sagte er.

Sie sagte: »Wissen Sie, was ich glaube? Ich glaube, man tut das, was man tun muß, und dann kommt die Zeit, wenn man es nicht mehr fertigbringt, und man zerbricht. Und das ist das Ende vom Lied.«

»Ja«, sagte er, »und vielleicht hab' auch ich eine Ahnung, wie es ist, wenn man zerbricht. Ich habe den Krieg mitgemacht, wissen Sie.«

»Ich war zwanzig, als der Krieg ausbrach«, erzählte sie ihm. »Die Luftangriffe haben mir eigentlich gefallen.«

Er begann mechanisch über ihr Haar zu streichen. Er schob es vom Nacken nach oben. Er hatte sich vorgestellt, ihr Haar würde sich spröde anfühlen, denn er war sicher, daß sie es färbte, und gefärbtes Haar fühlte sich immer spröde an. Doch als er es nach oben schob, fühlte es sich weich und warm an, wie das Gefieder eines ganz kleinen Vogels. Er streichelte es erst mit der Handfläche, dann mit dem Handrücken und empfand dabei eine außerordentliche Befriedigung.

Sie sagte: »Sie sind schrecklich gut zu mir.«

»Das dürfen Sie nicht sagen«, erklärte Mr. Horsfield und zog abrupt seine Hand weg. »Ich verbiete Ihnen strikt, das zu sagen. Ich meine, es ist der entsetzlichste Blödsinn, den ein Mensch sagen kann.«

Sie sagte: »Nein, Sie sind gut und nett und lieb zu mir.«

Er beugte sich vor und sah sie an, und sie erwiderte den Blick, träge, verwirrt, schläfrig.

›Sie hat mich gebeten, mit hochzukommen‹, dachte er. ›Sie hat mich darum gebeten.‹

Als er sie küßte, war ihr Körper weich und nachgiebig.

Aus der Ferne hörte man das gedämpfte Rumpeln von Zügen. Er dachte wieder: ›Der Great Western.‹

Man ist durstig, völlig ausgetrocknet vor Durst, und trotzdem weiß man's nicht, bis einem jemand Wasser zum Mund führt und sagt: »Du bist durstig, trink.« Genauso ist es. Man hat Durst, und man trinkt.

Und dann fragt man sich alles mögliche, unzufrieden und unzusammenhängend.

›Aber das Schlimmste daran ist‹, dachte er, ›daß man nie wissen kann, was die Frau wirklich empfindet.‹

2

Er bewegte sich vorsichtig, und sofort öffnete sie die Augen.

»Was ist?« fragte sie. »Du gehst doch nicht fort? Du hast mir versprochen, bei mir zu bleiben.«

Es wunderte ihn, wie scharf ihre Stimme klang. Er sagte: »Gewiß doch, mein Liebes. Ich lege mich nur auf die beiden Kissen neben dem Bett. Ich habe bloß gedacht, daß du dann besser schläfst.«

Er nahm die Kissen und legte sich hin; dabei fragte er sich, wie spät es sein mochte. Er dachte: ›Ob sie in diesem Haus wohl früh aufstehen?‹

Ihr Arm hing seitlich vom Bett herunter. Er hatte etwas Rührendes, wie der Arm eines Kindes. Mr. Horsfield sagte: »Julia, deine Hand ist so schön, daß ich weinen könnte.«

»Oh«, sagte sie, »Ich war ungeheuer hübsch, als ich klein war. Wirklich, *sans blague*.«

»Sprich nicht so«, sagte Mr. Horsfield schroff. »Natürlich bis du auch jetzt noch hübsch.«

Sie seufzte und drehte sich um. Keiner von beiden sagte mehr etwas, und als er das nächste Mal zu ihr hinsah, schien sie zu schlafen. Er zündete sich eine Zigarette an und rauchte sie ganz langsam. Dann betrachtete er sie wieder, mit etwas verstohlener Miene, stand auf, ging auf Zehenspitzen zum Fenster und zog die Vorhänge zur Seite.

Er sah hinaus. Aus dem Garten stieg ein frischer Dunst auf. Es war hell genug, daß man die schiefen Bäume und die nackten braunen Flecken Erde sehen konnte, die von spielenden Kindern festgetreten worden waren. Er dachte: ›Es wird hell. Ich muß machen, daß ich hier wegkomme.‹

Er sah auf seine Uhr. Es war fünf. Wieder warf er einen vorsichtigen Blick zum Bett hinüber. Dann riß er einen Zettel aus seinem Notizbuch und schrieb:

Liebes,

es ist Morgen. Ich gehe also, sonst riskiere ich, jemandem auf der Treppe zu begegnen. Ich möchte Dich nicht aufwecken. Vielleicht schläfst Du dann nicht mehr ein, und Du siehst müde aus. Ich küsse Deine schönen Hände und Deine schönen dunklen Lider (was ist das für ein Zeug, das Du drauf tust?).

Er hielt inne, runzelte die Stirn, preßte die Lippen zusammen und klopfte mit dem Bleistift gegen seinen Fingernagel. Dann schrieb er weiter:

Ich komme morgen abend um sechs wieder vorbei, oder früher, wenn ich es schaffe. Du bist wundervoll.

Auf Wiedersehen
G. H.

Er faltete den Zettel zusammen, schrieb ihren Namen darauf und stellte die Nachricht so auf den Kaminsims, daß sie nicht zu übersehen war.

Mit jedem Augenblick wurde sein Wunsch, den Raum zu verlassen, stärker. Er ging, seine Schuhe in der Hand, auf Zehenspitzen zur Tür, öffnete und schloß sie mit unendlicher Vorsicht und schlich die immer noch dunkle Treppe hinunter, so leise er konnte.

Im Dämmerlicht der Eingangshalle schimmerte ihm ein weißes Gesicht entgegen. Er schreckte zurück und machte sich auf eine unliebsame Begegnung gefaßt. Doch dann sah er mit Erleichterung, daß es eine Büste des Herzogs von Wellington war. Hastig zog er seine Schuhe an und tastete sich zur Haustür vor.

3

Als sich die Tür hinter ihm schloß, fühlte er sich außerordentlich erleichtert. Auf einmal bekam die ganze Geschichte einen normalen und leicht humoristischen Aspekt. Er lächelte, während er sich bückte, um die Schnürsenkel zuzubinden.

Als er den Kopf hob, sah er einen Polizisten, der ein paar Schritte entfernt auf dem Bürgersteig stand und ihn mißbilligend ansah. Der Polizist stand mit weit gespreizten Beinen und gespitztem Mund da und wirkte überaus mißtrauisch.

»Ist das nicht grotesk?« murmelte Mr. Horsfield. Er war sich nicht im klaren, ob er den Polizisten meinte oder seine übertriebene Vorsicht oder den Herzog von Wellington oder die Nacht, die er soeben verbracht hatte.

Die beiden Männer starrten einander ein paar Sekunden lang an. Dann sagte Mr. Horsfield: »Guten Morgen, Constable.«

›Vielleicht hätte ich Sergeant sagen sollen‹, fiel ihm

plötzlich ein, denn in diesem Augenblick hatte er vor dem Polizisten Angst.

Der Polizist antwortete nicht, doch er drehte langsam den Kopf, als Mr. Horsfield vorbeiging, und sah ihm nach, wie er rasch die Straße in Richtung Ladbroke Grove weiterging.

Zwölftes Kapitel
Kindheit

Jeder Tag ist ein neuer Tag. Jeden Tag ist man ein neuer Mensch.

Julia fühlte sich wohl und ausgeruht, nicht unglücklich, doch ihr Kopf war seltsam leer. Er war wie ein leerer Raum, in dem vage Erinnerungen herumstolzierten wie Riesen.

Sie las Mr. Horsfields Nachricht, und es war, als läse sie den Brief eines Fremden an jemanden, den sie nie gesehen hatte. Sie lag steif und gerade auf dem Rücken, die Arme dicht am Körper. Jeder Tag ist ein neuer Tag; jeden Tag ist man ein neuer Mensch. Was hat man mit dem Tag zuvor zu schaffen?

Jemand klopfte energisch an die Tür, und sie fuhr heftig zusammen. Ihr Herz schlug so stark, daß es schmerzte.

Das Zimmermädchen trat ein, ohne eine Antwort auf ihr Klopfen abzuwarten, und sagte: »Brauchen Sie das Frühstückstablett noch?«

Mit geschlossenen Augen sagte Julia: »Nein, ich brauche es nicht mehr.«

»Ich muß die Zimmer bis um zwölf gerichtet haben«, sagte das Mädchen.

»Können Sie meines nicht heute so lassen?« sagte Julia. »Ich werde es selber aufräumen.« Am liebsten hätte sie den Kopf unter das Laken gesteckt, um den blaßblauen, kalt starrenden Augen des Mädchens zu entgehen; oder wäre aufgestanden und hätte sie aus dem Zimmer geschoben und sie beschimpft und die Tür hinter ihr zugeschlagen.

»Na ja, jedenfalls soll ich am Morgen die Zimmer richten«, wiederholte das Mädchen mit monotoner Stimme, als sie hinausging.

Julia beugte sich zum Toilettentisch hinüber, griff nach

einem kleinen Spiegel und betrachtete sich. Sie betrachtete auch ihre Hand mit dem ungewohnten Ring daran. Er saß ziemlich eng, da die Hand ihrer Mutter so klein und zierlich gewesen war.

Sie fragte sich, warum das Zimmermädchen sie so unfreundlich angesehen hatte. Aber hatte sie denn nicht schon immer geargwöhnt, seit sie überhaupt irgend etwas wußte, daß Menschen – ohne Grund oder aus jedem beliebigen Grund – unfreundlich waren?

Als Kind konnte man seine Hand an einen Baumstamm legen und sich getröstet fühlen, weil man wußte, daß der Baum lebte – man fühlte dieses Leben, wenn man ihn berührte – und daß er freundlich war, oder wenigstens nicht feindlich. Aber vor Menschen hatte man immer ein wenig Angst. Als Kind ist man ganz man selbst, maß weiß und sieht alles prophetisch. Und dann geschieht plötzlich etwas, und man hört auf, man selbst zu sein; man wird zu dem, wozu einen andere zwingen. Man verliert seine Weisheit und seine Seele.

Wie weit konnte man zurückdenken?

Das letzte Mal, als sie wirklich glücklich war – grundlos glücklich? Wenn sie grundlos glücklich war, mußte sie einfach auf der Stelle hüpfen. »Kannst du nicht einen einzigen Augenblick lang stillhalten, Kind?« Nein, natürlich konnte sie nicht stillhalten. Sie war zu glücklich, platzte schier vor Glück. Sie rannte, als flöge sie, ohne ihre Füße zu spüren. Und die ganze Zeit, während sie rannte, dachte sie mit einem Kloß in der Kehle: ›Ich bin glücklich – glücklich – glücklich ...‹

Das war das letzte Mal, als sie wirklich glücklich gewesen war, grundlos, und sie erinnerte sich ganz genau daran. Wie alt war sie damals gewesen? Zehn? Elf? Jünger ... ja, wahrscheinlich jünger.

Und sie konnte sich an das erste Mal erinnern, als sie sich gefürchtet hatte.

Sie ging einen langen Weg entlang, der ein Stück weit

von Bäumen überschattet war. Doch am Ende des Wegs war eine Lichtung und blendend weißes Sonnenlicht. Sie fing Schmetterlinge. Sie fing sie, indem sie wartete, bis sie sich irgendwo niedergelassen hatten, und dann schlich sie leise auf Zehenspitzen auf sie zu und blieb in ihrer Nähe hocken. Dann, wenn sie ihre Flügel falteten und wie eine Blume mit nur einem Blütenblatt aussahen, griff sie rasch danach und hielt sie von unten fest, damit die Flügel nicht in ihrer Hand einrissen.

Wenn sie den Schmetterling gefangen hatte, tat sie ihn in eine leere Tabaksbüchse, die sie dabeihatte. Und dann wanderte sie weiter, hielt sich die Büchse ans Ohr und lauschte dem Geräusch der Flügel, die dagegen schlugen. Es war ein faszinierendes Geräusch. Man hätte es nicht für möglich gehalten, daß ein Schmetterling solch einen Lärm machen könnte.

Außerdem war es schön, etwas in die Hand zu bekommen, das noch eine Minute zuvor in der Sonne umhergeflogen war. Natürlich blieb es nie aus, daß die Flügel entzweigingen; oder die Schmetterlinge wurden so schlimm zugerichtet, daß sie, wenn sie dann zu Hause die Büchse geöffnet und sie so vorsichtig wie möglich herausgenommen hatte, so beschädigt waren, daß sie jegliches Interesse daran verlor. Manchmal waren sie so verletzt, daß sie nicht mehr richtig fliegen konnten.

»Du grausames, schreckliches Kind, ich muß mich doch sehr über dich wundern.«

Und natürlich gab man darauf einfach keine Antwort. Denn man wußte ja, daß man gehofft hatte, den Schmetterling in einer komfortablen Pappschachtel aufzubewahren und ihn mit den Sachen zu füttern, die er gerne fraß. Und wenn das dumme Ding sich die eigenen Flügel ramponierte, dann war es selbst schuld, und man konnte nur eines tun, nämlich es wegwerfen und es noch einmal probieren. Wenn die anderen das nicht verstanden, war es auch nicht zu ändern.

Damals, an jenem Tag, als sie Schmetterlinge fing, war

es gewesen, daß sie zum ersten Mal grundlos Angst gehabt hatte – als sie den hellen Sonnenfleck erreichte. Sie fürchtete sich nicht im Schatten, sie fürchtete sich in der Sonne.

Das Sonnenlicht war unbeweglich, desolat und leer. Und sie spürte, daß irgend etwas Riesengroßes direkt hinter ihr war. Sie rannte. Sie fiel hin und schlug sich das Knie auf. Sie sprang auf und rannte weiter, keuchend, mit klopfendem Herzen, viel zu sehr erschrocken, um zu weinen.

Doch als sie nach Hause kam, weinte sie. Sie weinte lange Zeit, und nie sagte sie jemandem, warum.

Das letzte Mal, als sie grundlos glücklich war; das erste Mal, als sie sich grundlos fürchtete. Was war zuerst gewesen?

2

»Was hast du den ganzen Tag über gemacht?« fragte Mr. Horsfield beim Abendessen.

»Nichts. Ich bin einfach in meinem Zimmer geblieben.«

Mr. Horsfield sagte entgeistert: »Was? Hast du überhaupt nicht gegessen? Iß wenigstens jetzt etwas, um Himmels willen.«

»Gegen vier«, sagte sie, »bin ich nach nebenan gegangen, und meine Nachbarin gab mir eine Tasse Tee.«

»Du meinst die, die geschnarcht hat?«

»Ja.«

»Warum bist du bloß zu ihr gegangen?«

»Ich weiß nicht. Vermutlich, weil ich nicht allein sein wollte.«

»Hast du überhaupt nichts getan? Hast du einfach dagelegen und hast nachgedacht?«

Sie gab keine Antwort.

Er fragte mit einer gewissen Neugier: »Woran denkst du, Julia?«

Sie sagte: »Die ganze Zeit daran, wie es war, als ich klein war.«

»Es ist das leichteste auf der Welt, sich dich als Kind vorzustellen.« Mr. Horsfield wurde sentimental beim Gedanken daran. Und dann war ihm nach Lachen zumute, weil er sentimental war.

Sie sagte, sie würde gern ins Kino gehen. Theaterstücke gefielen ihr nicht; sie konnte mit Theaterstücken nichts mehr anfangen. Sie kamen ihr unwirklich vor.

3

Im Taxi sagte er zu ihr: »Ist dir klar, was du für mich getan hast? Du hast mir meine Jugend wiedergegeben. Das für jemanden zu tun, ist bestimmt keine Kleinigkeit, nicht?«

Er fuhr fort: »Hör mal, ich kann dich heute abend nicht zu mir mitnehmen, weil im Moment ein Freund bei mir wohnt. Und in ein Hotel zu gehen, wäre wirklich widerwärtig. Hast du etwas dagegen, wenn ich wieder zu dir auf dein Zimmer komme?«

»O nein, ich habe nichts dagegen«, sagte sie. »Ich habe gar nichts dagegen. Warum sollte ich?«

Dreizehntes Kapitel
Die Treppe

»Du gehst voraus, und ich gehe hinter dir her, wie gestern nacht.«

Er hörte ein Rascheln; es war Julias Kleid aus steifer Seide.

Auf dem dritten Treppenabsatz blieb sie stehen. Er merkte es daran, daß er ihr Kleid nicht mehr rascheln hörte. Er hörte sie heftig atmen, als sei sie erschöpft. Nach ein paar Sekunden flüsterte er: »Julia.«

Sie gab keine Antwort.

›Großer Gott‹, dachte er. ›Was ist jetzt los?‹

Er wartete noch eine Weile und überlegte, ob er ein Streichholz anzünden sollte, dann ging er behutsam vorwärts, an ihr vorbei, und tastete nach dem Geländer. Sein Fuß stieß gegen die unterste Stufe der nächsten Treppe, und er war überzeugt, daß es sehr laut gewesen war; doch wollte er aus einem unbestimmten Grund weder ein Streichholz anzünden noch ein zweites Mal etwas sagen.

Er tastete weiter und berührte ihre Hand, dann ihren Arm und den Pelzkragen ihres Mantels. Dann strich er mit den Fingern wieder nach unten, wie ein Blinder. Er empfand ein seltsames Vergnügen dabei, sie auf diese Weise zu berühren – wortlos, im Dunkeln.

Sie sagte mit lauter Stimme: »O Gott, wer hat mich berührt?«

Er war zu verblüfft, um darauf zu antworten.

»Wer hat mich angefaßt?« schrie sie gellend. »Wer ist das? Wer hat meine Hand berührt? Was ist das?«

»Julia!« sagte er.

Doch sie hörte nicht auf zu schreien. »Wer ist das? Wer ist das? Wer hat meine Hand berührt?«

›So‹, dachte Mr. Horsfield. ›Jetzt ist's passiert.‹ Er überlegte kurz, ob er noch Zeit hätte, sich davonzumachen, und gab dann den Gedanken auf. Irgendwo mußte ein Lichtschalter sein.

Er streckte die Hand zur Wand hin aus und begann nach dem Schalter zu tasten. Streichhölzer...

Er sagte: »Julia, Liebes.«

Da ging auf dem Treppenabsatz das Licht an, und zwei Türen öffneten sich gleichzeitig. Unter der einen erschien ein junger Mann mit zerzausten dunklen Haaren; er trug einen gestreiften Pyjama. Er sah einmal kurz herüber, ging dann, ohne ein Wort zu sagen oder sein Gesicht zu verziehen, wieder in sein Zimmer zurück und knallte die Tür zu. An der anderen Tür tauchte eine Dame in einem rosa Morgenmantel auf, das Haar unter einem Netz verborgen. Es war eine junge, gutaussehende Frau; mit respektgebietender Miene ging sie auf Mr. Horsfield zu. Es war zweifellos die Hauswirtin.

»Es tut mir furchtbar leid«, sagte er. Seine Lippen verzogen sich wie von selbst zu einem konventionellen Lächeln der Entschuldigung. »Madame Martin fühlt sich nicht wohl.«

Die Dame starrte Julia an. Unwillkürlich wandte sich auch Mr. Horsfield um und starrte Julia an, als hätte er sie nie zuvor gesehen. Sie verzog den Mund wie zu einer Art Grimasse. Dann sagte sie: »Es tut mir leid. Ich fühle mich nicht wohl. Es ist so dunkel im Treppenhaus. Ich dachte, jemand hätte mich angefaßt, und ich bin erschrocken. Es tut mir leid, daß ich Sie gestört habe.«

Die Dame kam zwei Schritte auf sie zu. Etwas an der Art, wie sie ging, und an der Haltung ihres Kopfes erinnerte Mr. Horsfield an eine Katze, die eine Maus anschleicht. Sie sagte mit sanfter Stimme: »Es tut mir leid, daß Sie sich nicht wohl fühlen, Mrs. Martin. Aber Sie brauchen keine Angst zu haben, wissen Sie. In meinem Haus gibt es keine dunklen Winkel. Ich lasse es nicht zu, daß es in meinem Haus dunkle Winkel gibt.«

»Ach, Unsinn«, sagte Mr. Horsfield. »Auf Ihrer Treppe ist es jedenfalls reichlich dunkel.« Mit ziemlich schriller Stimme fügte er hinzu: »Schließlich ist es erst kurz nach zwölf.«

Jemand rief aus dem tiefer gelegenen Stockwerk: »Was gibt's, Mrs. Atherton?«

»Nichts«, sagte die Dame und spähte über das Geländer nach unten, »überhaupt nichts.«

Eine plötzliche Abneigung gegen ihre angenehme Stimme, ihren rosa Morgenrock und ihr Haarnetz überkam Mr. Horsfield. Er legte seinen Arm um Julia und sagte: »Komm, Liebes.«

Er wußte, daß er wie ein Trottel wirkte, doch es war ihm einerlei.

»Wer hat mich angefaßt?« sagte Julia. Ihre Augen waren weit geöffnet, ihre Pupillen zu winzigen Punkten verengt.

»Aber mein Liebes«, sagte er, »das war doch ich.«

Sie schüttelte den Kopf.

»Du warst hinter mir.«

»Ja, aber auf dem Treppenabsatz habe ich dich überholt.«

»Ich dachte, es sei – ein Toter«, murmelte sie, »der meine Hand ergriff.«

»O Julia, mein Liebes, du bist krank, glaub mir. Laß mich dir helfen.«

Das seltsamste Mitgefühl, die verrücktesten Pläne schossen durch sein Gehirn – und gleichzeitig eine überwältigende Verachtung für die ganze Gesellschaftsordnung. Jemand klopfte an die Tür. Mrs. Atherton erschien, immer noch in ihrem rosa Morgenrock, doch ohne das Haarnetz. Sie sagte: »Ich wollte nachsehen, ob ich noch irgend etwas für Sie tun kann.«

»Nein danke«, sagte Julia. »Nichts.«

»Oh«, sagte Mrs. Atherton. Sie sah auf einen Punkt jenseits von Julia und Mr. Horsfield und wirkte außerordentlich selbstsicher.

»Geht es dir wieder besser?« sagte Mr. Horsfield unschlüssig.

Mrs. Atherton wartete.

›Zum Teufel noch mal mit dieser Wirtin‹, dachte Mr. Horsfield. Er wollte gerade den Mund aufmachen und sagen: ›Sie verschwinden jetzt!‹, als Julia sagte: »Gute Nacht.«

Er sah sie an.

»Es geht mir wieder gut«, sagte sie.

Ihre Augen wirkten kalt und feindselig. ›Als ob sie mich haßte‹, dachte er.

Er wußte, sie wollte nur eines – daß man sie in Ruhe schlafen ließ.

Sie war sehr müde, ihre Muskeln waren entspannt, die Augen halb geschlossen. Sie dachte: ›Es ist alles einerlei. Schlimmer als jetzt kann ich mich gar nicht fühlen.‹ Es war, als ticke eine Uhr in ihrem Kopf: ›Es ist alles einerlei, es ist alles einerlei ..‹

»Gute Nacht«, sagte sie noch einmal, mit kühler, zurückhaltender Stimme.

Mr. Horsfield zögerte immer noch.

»Ich komme morgen früh um zehn vorbei«, sagte er.

Noch immer wartete Mrs. Atherton. Als er hinausging, folgte sie ihm; die ganze Zeit hatte sie Julia kein einziges Mal direkt angesehen.

2

Mr. Horsfield beschloß, zu Fuß nach Hause zu gehen. Er wollte versuchen, dieses Gefühl von Wut und Enttäuschung im Gehen loszuwerden.

Als er so ging, begann er zu überlegen, was er am nächsten Morgen machen würde. Er stellte sich vor, wie er in Julias Zimmer ginge und redete und wie er ihr alles erzählte, was er auf dem Herzen hatte. Er würde ihre Hände halten und sie ans Fenster führen und sagen: ›Sieh mich nicht so an. Genauso hast du mich letzte Nacht angesehen. Warum solltest du mich so mißtrauisch ansehen, als wäre ich einer von den anderen? Ich gehöre nicht zu den anderen; ich bin auf deiner Seite. Siehst du das denn nicht? Ich bin für dich und für Leute wie du, und ich bin gegen die andern. Merkst du das denn nicht?‹ würde er sagen.

›Ich hasse die Dinge genauso wie du‹, würde er sagen. ›Ich habe es genauso satt wie du. Du haßt leidenschaftlich wie ein Kind, weil man dir weh getan hat. Ich aber hasse mit kaltem Verstand, und das ist schlimmer. Ich bin bereit, alles im Stich zu lassen und das Weite zu suchen. Vielen von uns geht es so. Es braucht bloß einen Anstoß – etwas, das uns in Bewegung setzt. Du hast das bei mir bewirkt – und das, was gestern nacht passiert ist.‹

Er hörte auf, sich weiter auszudenken, was er Julia sagen würde. Er dachte: ›Ich muß so oder so das Weite suchen – verschwinden. Eine Serie von unangenehmen Aufgaben – daraus besteht mein Leben. Ich werde alles im Stich lassen – den Laden für das verkaufen, was ich dafür kriege, noch etwas vom Leben haben, bevor ich zu alt bin, um noch Gefühle zu haben. Jedenfalls noch ein bißchen Sonne abbekommen.‹

Die Sonne. Mein Gott, dieses stumpfsinnige, langweilige Leben! Ein weißes Haus mit grünen Jalousien ...

Er bog in die schmale, mit Kopfstein gepflasterte Straße ein, in der er wohnte. Die Straße war still. An ihrem Ende war eine Mauer, überragt von vier starren Bäumen.

Sein Kater, der vor der Hauseinfahrt wartete, sprang ihm entgegen, wie ein Hund. Er miaute sanft und schnurrte dabei. Mr. Horsfield bückte sich, um ihn zu streicheln, und sagte: »Hübscher Jones.«

Der Kater machte einen Buckel und begann wieder zu schnurren. Im Licht der Straßenlaternen funkelten seine gelbgrünen Augen ziemlich böse.

»Na, komm schon rein«, sagte Mr. Horsfield. »Komm rein und geh mir aus dem Weg.«

Im Wohnzimmer war niemand. Er holte sich ein Glas Whisky mit Soda und setzte sich. Er merkte, daß er sehr müde war.

Zwei Wände des Raums waren vom Boden bis fast zur Decke mit Büchern vollgestopft. Das Zimmer war niedrig, und es hatte ein kleines Fenster. Dennoch wirkte es behaglich und friedlich, sogar geräumig.

Er dachte: ›Ich sehe nicht recht, wie ich sie hierherbringen kann ... Ich kann sie unmöglich hierherbringen‹.

Plötzlich sah er Julia nicht mehr als die Stellvertreterin aller Erniedrigten und Beleidigten, sondern als ein reales menschliches Wesen. Man mußte sie irgendwo unterbringen – spätestens am nächsten Morgen. Sie mußte ein Bett zum Schlafen haben, zu essen, Kleidung, Gesellschaft – sonst wäre sie einsam; Verständnis für ihren eigenartigen Standpunkt – sonst wäre sie gekränkt.

All dies sah er ganz deutlich, und er erschrak.

Aber er mußte ein Zimmer für sie finden. Das mußte er auf jeden Fall. In Paddington oder in Bloomsbury, obwohl das das schäbigere Viertel war.

Eine neue Verantwortung zu übernehmen, das war eigentlich nicht gerade die beste Art, sich aus dem Staub zu machen, wenn man es recht überlegte ...

Auf einmal fiel ihm ein, daß er schließlich in Julia nicht verliebt war; und er dachte: ›Ich lasse mich nicht überstürzt in so eine Geschichte verwickeln.‹

Vierzehntes Kapitel
Abreise

Julia packte ihren Koffer, als Mr. Horsfield am nächsten Morgen zu ihr kam. Er fragte, ob die Wirtin ihr gekündigt habe.

»Sie sagte mir, daß eine Frau, die sonst immer hier wohnt, sich erkundigt hat, wann das Zimmer frei würde. Ob ich lieber heute morgen oder heute nachmittag ausziehen wolle? Also sagte ich ›heute morgen‹.«

»Mach dir keine Sorgen«, sagte er. »Mach dir bloß keine Sorgen. Ich finde ein Zimmer für dich.«

Doch er erschrak, als er bemerkte, wie alt sie aussah. Sie war schlecht geschminkt; daran lag es wohl. Ein leichter Widerwille mischte sich in seine Enttäuschung. Unwillkürlich dachte er: ›O Gott, auf was habe ich mich da eingelassen? Wo wird das alles enden?‹

Da sagte sie: »Ich gehe zurück nach Paris.« Und er fühlte sich erleichtert. Er sagte in beiläufigem Ton: »Aber warum denn? Warum bleibst du nicht hier?«

Sie sah ihn an und blickte dann rasch wieder weg.

»Ich glaube, dort werde ich besser zurechtkommen.«

»Ich verstehe.« Plötzlich fühlte er sich unbeschwert, frei von Verantwortung, fast glücklich.

Dann dachte er an Geld und daß er welches beschaffen mußte. Er mußte ihr soviel geben, wie er nur konnte. Er überlegte, wie hoch sein Kontostand bei der Bank sein mochte.

Er sagte: »Hör mal, ich komme bald rüber und besuche dich.«

»Ja, gewiß doch.« Sie starrte ihn an; ihr Blick war nicht traurig, sondern von einer drückenden, nichtssagenden Gleichgültigkeit. Sie kniete sich neben ihren Koffer und schloß ihn zu. Dann sah sie hoch, immer noch kniend, und sagte: »Das wär's. Ich bin fertig.«

Er spürte einen Schmerz, ganz innen. Einen Schmerz wie über einen Verlust.

»Deine Rechnung?« sagte er.

»Ich hab' sie bezahlt. Alles ist fertig; alles ist erledigt. Wenn du mir bitte noch ein Taxi rufen könntest.«

Sie stand vor dem Spiegel und rückte ihren Hut zurecht. Ihr Gesicht wirkte hart und verdrossen. Unwillkürlich zog sie eine kleine Grimasse vor ihrem Spiegelbild, und wieder spürte Mr. Horsfield diesen ziehenden Schmerz, den Schmerz eines enttäuschten Kindes.

»Gehen wir«, sagte sie ungeduldig. »Du wirst mir beim Koffertragen helfen müssen, denn ich glaube nicht, daß jemand vom Hauspersonal es tun wird.«

Sie sah ihn mit einer Miene gespielter Tapferkeit an, hob dabei leicht die Schultern, und ohne es eigentlich zu wollen, sagte er: »An Schneid fehlt es dir nicht.«

Als er hinunterging, um ein Taxi zu rufen, dachte er: ›Es ist nicht das erste Mal, daß sie aus einem Hotel rausgeworfen wird, das sieht man.‹

2

Alles, was er sich in der vergangenen Nacht vorgestellt hatte, wirkte nun phantastisch – so phantastisch wie ein Märchen. Dennoch dachte er sich weiterhin Pläne aus, zerbrach sich den Kopf über Kleinigkeiten. ›Wie würde ich mich verhalten, wenn mir das passierte?‹

Er sagte: »Und was ist mit der Post? Soll sie an meine Adresse weitergeschickt werden?«

Julia antwortete, daß der Brief, den sie erwartet hatte, an diesem Morgen durch einen Boten geschickt worden sei und daß sie nicht glaube, sie bekomme noch andere Post.

Zögernd sagte er: »Was das Geld betrifft ...«

Sie nahm einen Umschlag aus ihrer Tasche und reichte ihn ihm. »Lies.«

Der Brief war in einer großen, deutlichen Handschrift geschrieben, die fast wie die eines Kindes aussah.

Liebe Julietta,

ich hätte Dir eher schreiben müssen. Ich hatte es nicht vergessen, aber ich hatte die Adresse verlegt, die Du mir gegeben hast. Ich habe lange über das nachgedacht, was Du mir sagtest, und es tut mir leid, daß Deine Pläne schiefgegangen sind. Ich schicke Dir etwas Geld, weil ich möchte, daß Du Dich erholst und Ferien machst, aber ich fürchte, daß ich darüber hinaus nichts für Dich tun kann.

Mr. Horsfield wußte nicht, was er sagen sollte; er überlegte, was er sagen könnte, hing doch so viel von der Höhe des Betrags ab, den Julias Freund geschickt hatte.

»Er hat zwanzig Pfund geschickt«, erklärte sie sachlich. »Du siehst also, es geht mir ganz gut. Ich brauche kein Geld mehr.«

»Nun ja, zwanzig Pfund reichen nicht ewig.«

»Er sammelt Bilder, dieser Mensch. Ich vermute, Bilder haben ihm schon immer gefallen, aber ich wußte nichts davon. Ich habe eigentlich gar nichts von ihm gewußt. Weißt du, er hat nie viel mit mir gesprochen. Ich war dazu da, um mit ihm zu schlafen – nicht, um mit ihm zu reden. Und zu Recht, vermute ich. Mein Gott, ist das Leben nicht wirklich komisch?«

Sie begann zu lachen.

»Natürlich hab' ich es damals nicht so gesehen. Daran habe ich nicht im Traum gedacht. Er war so etwas wie ein Gott für mich, und alles, was er tat, war richtig. Wie dumm ist man doch, wenn man jung ist! Manchmal habe ich aber darum gebetet, daß er sein ganzes Geld verliert, weil ich mir eingebildet habe, dann würde ich ihn häufiger sehen. Und ich stellte mir vor, wie ich für ihn arbeiten oder irgendwie Geld beschaffen würde, um es ihm zu geben. Er hätte sich schön bei mir bedankt, wenn er gewußt hätte, wofür ich betete, stimmt's?«

»Oh, ich würde behaupten, daß es ihm geschmeichelt hätte«, sagte Mr. Horsfield.

Die Weinflasche war leer; Julia hatte das meiste getrunken. Er rief den Kellner und bestellte noch eine Flasche.

Sie sagte: »Oh, aber das war nichts im Vergleich zu einem Mädchen, das ich kannte; sie betete, daß der Mann, den sie liebte, blind würde.«

»Du meine Güte, das war sicher ein wenig übertrieben, meinst du nicht?«

»Doch; er wäre dann völlig abhängig von ihr gewesen, verstehst du? Sie liebte ihn wahnsinnig, und er machte sie eifersüchtig. Aber um so etwas habe ich nie gebetet. O nein, darum hätte ich nicht beten können ... Dafür habe ich wegen des Geldes gebetet. Ziemlich komisch, nicht wahr? ›Ich fürchte, daß ich darüber hinaus nichts für dich tun kann.‹ ›Mach's gut, mein Schatz, und weine nii-icht zu sehr.‹ Erinnerst du dich an das Lied?« sagte sie.

»Ja, ich erinnere mich daran.«

Er dachte: ›Es ist so leicht, nicht wahr, genauso gemein zu dir zu sein, wie alle andern es waren?‹

Er sagte: »Hör mal, in ein oder zwei Wochen komm' ich rüber und besuche dich. Oder wenn ich es nicht schaffe, schicke ich dir etwas Geld.«

Seine Stimme klang kühl, doch er konnte es nicht ändern. Er brachte es nicht fertig, etwas Wärme in seine Worte zu legen.

Ihr Gesicht wurde über und über rot. Er wandte die Augen ab.

»Es ist mir gleich, ob du mir Geld schickst oder nicht«, sagte sie. »Und es ist mir auch gleich, ob du kommst oder nicht. Bloß damit du's weißt!«

Unter ihrem linken Auge zuckte ein Nerv.

»Wenn du glaubst«, sagte sie, »daß es mir etwas ausmacht ... Ich kann immer jemand finden, verstehst du? Das weiß ich, seit ich überhaupt etwas weiß.«

»Das glaube ich gern«, sagte Mr. Horsfield. Er war entsetzt, wie laut ihre Stimme klang. Er war sich sicher, daß die Leute im Restaurant sie anzustarren begannen.

»Ja«, fuhr sie in noch lauterem Ton fort, »das kann ich. Darauf kannst du dich verlassen.«

Dann begannen ihre Lippen zu zittern, und Tränen traten ihr in die Augen. Sie sagte: »Zum Teufel mit euch allen! Zum Teufel mit eurem ganzen Haufen ...«

Irgend etwas an Mr. Horsfields Gesichtsausdruck drang in ihr Bewußtsein, und sie begann Grimassen zu schneiden im Bemühen, Haltung zu bewahren.

Er sah von ihr weg.

Sie sagte mürrisch: »Es tut mir leid. Siehst du, so bin ich.«

»Ach, schon gut.«

Nicht um alles in der Welt hätte er sich etwas Freundlicheres ausdenken können; und doch konnte er sich all das vorstellen, was sie nicht ausgesprochen hatte. Er verstand sie, doch auf einer kühlen, sachlichen Ebene.

Er sah auf die Uhr und stellte erleichtert fest, daß es gleich Zeit zum Gehen war.

3

Auf dem Heimweg versuchte Mr. Horsfield, Julia ganz aus seinem Gedächtnis auszulöschen.

Als er seine Haustür aufschloß, dachte er: ›Nun, das ist jedenfalls vorbei.‹ Und dann überlegte er, wie er ihr Geld schicken sollte, falls sie nicht schreiben würde. ›Aber bestimmt wird sie schreiben‹, sagte er sich.

Er schloß die Tür und seufzte. Es war, als hätte er damit den Gedanken an Julia ganz und gar ausgesperrt. Die Atmosphäre seines Hauses hüllte ihn ein – ruhig und nicht ohne Würde, Teil einer Welt der gedämpften

Stimmen, einer Welt, in der Leidenschaften, wie japanische Zwergbäume, seit vielen Generationen unterdrückt wurden. Eine vertraute Welt.

Dritter Teil

Erstes Kapitel
Île de la Cité

Der Besuch in London hatte zehn Tage gedauert, und schon war Julias Erinnerung daran etwas verblaßt. Er war zu einer zusammenhanglosen Episode geworden, die sich nun an all die anderen zusammenhanglosen Episoden reihte, aus denen ihr Leben bestand.

Ihr Hotel lag an einem Platz auf der Île de la Cité; die Bäume, die dort standen, waren akkurat geschnitten, in der Form ganz ähnlich den Bäumen in einer Spielzeugschachtel, wie man sie bei Woolworth kaufen konnte. Die Häuser gegenüber hatten lange Fensterreihen, und Julia kam es vor, als sitze an jedem Fenster eine Frau und starre traurig, wie eine Gefangene, direkt in ihr eigenes Schlafzimmer herein.

Nachts schlief sie wie ein Stein, ohne zu träumen. Wenn sie erwachte, war sie noch immer wie zerschlagen vor Müdigkeit, so daß sie sich nur sehr langsam und mit großer Mühe ankleiden konnte.

Sie dachte: ›Seit einer Woche und drei Tagen bin ich wieder hier – heute sind es eine Woche und vier Tage. Nun denn, so kann es nicht weitergehen.‹

Sie stand auf und schloß das Fenster, wie um nicht beobachtet zu werden.

Sie schrieb:

Jeune dame (36), connaissant anglais, français, allemand, cherche situation dame de compagnie ou gouvernante. Hautes références …

Als sie das Wort *références* schrieb, dachte sie: ›Wo hab' ich bloß diesen Brief hingetan?‹ Drei Jahre zuvor hatte ihr eine Französin die Empfehlung ausgestellt.

Ein Gefühl der Panik überkam sie. Sie war sicher, daß sie den Brief verloren hatte. Und wenn ja, woher sollte sie dann irgend etwas anderes herbekommen, das als Referenz dienen konnte? Während sie suchte, zitterten ihre Hände vor Angst.

›Jetzt bringt mich schon jede Kleinigkeit aus der Fassung‹, dachte sie.

Sie fand den Brief schließlich in einem Umschlag, zusammen mit einer Karte, auf der stand: *»Wien, le 24 août 1920. Menu.«* Auf der Rückseite waren einige Unterschriften. Lange Zeit betrachtete sie die Speisekarte. ›Ich kann nicht glauben, daß ich das war.‹ Und dann dachte sie: ›Nein, ich kann nicht glauben, daß ich das jetzt bin.‹

Sie hatte ein weißes Crêpe-de-Chine-Kleid getragen und flache rote Schuhe.

›Natürlich, du hast dich festgeklammert, weil du hartnäckig warst. Du hast dich festgeklammert, weil man versucht hat, dich beiseite zu schieben, weil man dich verachtet hat und grob zu dir war. Also hast du dich festgeklammert. Hätte man dich in Ruhe gelassen, hättest du von selbst losgelassen. Die Annonce muß natürlich in den ›Figaro‹.‹

Es klopfte an der Tür, und ein Briefträger kam mit einem Einschreiben herein. Der Brief war von Mr. Horsfield.

Meine liebe Julia,

ich habe mich ungeheuer über Deine Karte gefreut. Ich wollte, ich könnte Dir ein wenig mehr schicken als das Beiliegende, aber wie Du Dir vielleicht vorstellen kannst, sieht es für mich zur Zeit nicht sehr rosig aus. Ich fürchte, ich werde nicht so bald bei Dir auftauchen können, wie ich gehofft hatte, aber falls und wenn es klappt, hoffe ich doch sehr, daß ich Dich besuchen darf. Du bist sehr lieb zu mir gewesen, und ich bin Dir ganz schrecklich dankbar.

Ich wünsche Dir alles erdenklich Gute.

Dein G. H.

Beigelegt waren zwei Fünfpfundnoten.

Sobald sie im Freien war, fühlte sie sich ruhiger und gelassener. Sie sagte sich, es sei gewiß das Zimmer, das sie bedrückte, weil es so eng war und weil es so schrecklich war, nicht das Fenster öffnen zu können, ohne daß sich gleich mehrere Augenpaare auf einen hefteten. Sie dachte: ›In diesem verdammten Hotel sind wir wie Würmer in einem Stück Käse.‹

Es war ein sehr sonniger Tag. Die Sonne schien so stark, als wäre es schon Sommer.

Sie setzte sich auf eine der steinernen Bänke in der Nähe der Statue Heinrichs des Vierten auf dem Pont Neuf.

Eine alte Frau stieg die Stufen hinauf, die von den Quais nach oben führten. Ihr Gesicht war weiß, ihr krauses Haar weiß, und sie trug eine blaßblaue Schürze. In der Sonne wirkte sie durchsichtig, wie ein Gespenst.

Als Julia den Quai des Orfèvres entlangging, war das Licht silbern und der Wind warm. Der Fluß war braun und grün – olivgrün unter den Brücken –, und regenbogenfarbener Schaum trieb auf den Uferseiten entlang. Alles schien möglich. Das Glück. Ein Kurs für Gesichtsmassage.

Sie begann sich vorzustellen, wie sie in einem neuen schwarzen Kleid und einem kleinen schwarzen Hut aussähe, mit einem Schleier, der nicht mehr als die Augen beschattete. Denn warum die Hoffnung aufgeben, wenn so viele sie geliebt hatten? »Mein Liebling ... Meine Süße ... *Mon amour ... Mon petit amour ...*«

Doch wenn die vorbeigehenden Männer sie ansahen, blickte sie mit abweisendem Gesicht weg. Etwas in ihr war geduckt und zerbrochen, doch sie wollte es sich nicht eingestehen.

Im Geist wiederholte sie wieder und wieder, wie eine Beschwörung: ›Ich werde ein schwarzes Kleid und einen schwarzen Hut und ganz dunkelgraue Strümpfe tragen.‹

Dann dachte sie: ›Ich werde mir in diesem Laden in der Avenue de l'Opéra ein Paar neue Schuhe kaufen. Die letzten, die ich dort kaufte, haben mir Glück gebracht. Ich geb' alles aus, was ich heute früh bekommen habe. Das mag verrückt sein, aber es ist mir gleich ... Im übrigen tu ich ohnehin nur so, als ob ich den Job bekäme. Was für eine Chance habe ich denn in Wirklichkeit?‹

Ein Ring mit grünem Stein für ihren rechten Zeigefinger.

Zum Mittagessen trank sie eine halbe Flasche Burgunder und fühlte sich sehr zuversichtlich. Den ganzen Nachmittag verbrachte sie in den Galeries Lafayette, um sich ein Kleid und einen Hut auszusuchen. Dann ging sie in ihr Hotel zurück, zog ihre neuen Sachen an und ging rauchend im Zimmer auf und ab. Sie beschloß, nach dem Abendessen nach Montparnasse zu gehen. Sie wollte ziemlich spät aufbrechen – so zwischen zehn und elf.

Um sieben begann ein Grammophon in einem kleinen Café in der Nähe zu spielen. Zugleich wurde der Geruch nach Schwefel, der sich schon seit einer Stunde bemerkbar gemacht hatte, plötzlich so stark, daß man kaum mehr atmen konnte. Wolken von beißendem Rauch drangen unter der Tür durch.

Es klopfte. Die Wirtin kam herein und erklärte, der Herr vom Nachbarzimmer habe ein paar Läuse hinterlassen, und da sie saubere Leute seien, seien sie gezwungen, Vorsichtsmaßnahmen zu ergreifen. Sie sagte: »Ich dachte, auf diesem Stockwerk sei niemand in seinem Zimmer. Möchten Sie herunterkommen und sich in die Rezeption setzen?«

Julia sagte, nein, sie sei im Begriff, auszugehen.

3

Als sie zu Abend gegessen hatte, war es beinahe neun. Sie spazierte den Fluß entlang. Er faszinierte sie, denn ungefähr alle hundert Meter veränderte er sich. Manchmal floß das Wasser träge und ölig, dann, wenn man ein wenig weitergegangen war, wurde die Strömung wieder sehr stark.

Sie beobachtete die Schatten der Zweige, die im Wasser zitterten. Mitten auf dem Fluß war eine Stelle mit silbrigem Licht, wo die Schatten tanzten und winkten. Sie dachte: ›Das da draußen, das können nicht die Schatten der Bäume sein.‹

Eine Rauchwolke kam aus dem Schornstein eines niedrigen Kahns. Schatten von Rauch im Wasser.

Sie lehnte sich gegen die Mauer und sah den tanzenden Schatten zu, doch sie empfand dabei keine Freude. Sie tanzten, sie drehten sich, sie streckten lange, krumme, schlangengleiche Arme aus und winkten.

Jemand hinter ihr sagte: »Stimmt irgendwas nicht, Madame?«

Sie wandte sich um und sah einen Polizisten direkt hinter sich. Sie antwortete kühl: »Ich habe nicht die geringste Absicht, Selbstmord zu begehen, das versichere ich Ihnen.«

»Oh, daran hab' ich auch gar nicht gedacht«, sagte der Polizist höflich. *»Seulement ...«*

Sie blickte wieder zum Fluß und sagte dann: »Was sind das für Schatten, sehen Sie sie? Da, genau in der Mitte des Flusses.«

»Es ist ein Baum, der Zweig von einem Baum.«

Julia dachte: ›Das sagen *Sie*.‹

»Natürlich«, sagte der Polizist, ein freundlicher und ganz gutaussehender junger Mann. »Dieser große Zweig, sehen Sie ihn?«

Die Schatten schienen nicht auf der Oberfläche zu liegen, sondern sich aus den Tiefen des Wassers heraufzukämpfen und hochzuschlängeln.

Sie sagte zu dem Polizisten: »Ich hab' bloß so zugesehen.«

Sie ging weiter, den Quai entlang, betrat dann ein Café und bestellte sich einen Cognac. Das Lokal wirkte heruntergekommen. Sie setzte sich und sah zu der Frau hinter der Theke hinüber.

Die Frau hinter der Theke war schön. Wenn sie mit den Gästen sprach, klang ihre Stimme ganz sanft, und ihre Augen waren groß und dunkel. Sie war schlank und hatte volle, weiche Brüste.

Julia hatte den sehnlichen Wunsch, auf die Frau zuzugehen und sich mit ihr zu unterhalten. Es war komisch; manche Leute sahen einfach so aus – nicht grausam, sondern sanft und freundlich. Nur einer unter Millionen sah so aus.

Sie saß da und dachte: ›Wenn ich mit ihr sprechen könnte, wenn ich nur zu ihr gehen und ihr alles über mich erzählen könnte und warum ich unglücklich bin, dann wäre hinterher alles anders.‹

Sie verließ das Café und ging in Richtung Place St. Michel; als sie dort ankam, begann es zu regnen. Alles stürzte in die Cafés, um sich unterzustellen.

›Meine Kleider dürfen nicht naß werden‹, dachte sie. Genau gegenüber war ein Pathéphone-Salon. Sie ging hinein, setzte sich auf einen der Drehstühle, kaufte mehrere Platten und setzte, ohne die Lautstärke zu ändern, den Apparat in Gang. Eine scharfe und ziemlich bissig klingende Frauenstimme ertönte in ihrem Ohr.

Während sie zuhörte, dachte sie die ganze Zeit: ›Was habe ich eigentlich getan? Ich hab' doch gar nichts getan.‹

Sie spürte, wie der harte Hörer gegen ihr Ohr drückte. Die Stimme sang den Refrain eines sentimentalen Schlagers. *Pars, sans te retourner, pars.* Ein Lied, das Unglück brachte. Lieder, die vom Abschiednehmen handelten, brachten immer Unglück. Das stand fest.

Sie legte hastig den Hörer auf und sah sich nach etwas anderem um.

Zweites Kapitel
Der zweite Unbekannte

Es hatte nahezu aufgehört zu regnen, als Julia aus dem Paléphone-Salon kam, doch sie glaubte, noch ein paar Tropfen zu spüren. Die Luft war ganz mild. Es roch nach Bäumen und nach Gras.

Sie überquerte die Straße und ging in das große Café gegenüber. Es war voller Männer, die redeten und gestikulierten. Die wenigen Frauen, die dazwischen saßen, wirkten unauffällig und ziemlich geduckt.

Sie bestellte einen Brandy und eine Löschwaage. Nach einer Zeit, die ihr unendlich lang vorkam, brachte der Kellner den Brandy.

»Und die Löschwaage bitte«, sagte sie.

Wieder verging eine lange Zeit, bis die Löschwaage gebracht wurde.

Sie hatte das Gefühl, als lägen ihre Nerven bloß.

»Danke«, sagte sie sarkastisch. »Das ging aber mächtig schnell, nicht wahr?«

Der Kellner war ein dicker, dunkler, gutaussehender junger Mann mit einem Wust von krausem schwarzen Haar. Er sah sie an, zuckte mit den Schultern und machte mit den Armen eine weitausholende Geste, die eine nicht unfreundlich gemeinte Gleichgültigkeit meisterhaft ausdrückte.

»Und noch einen Brandy«, rief sie finster hinter ihm her.

Sie hatte Mr. Horsfield schreiben wollen, doch als sie den Federhalter in die Hand nahm, malte sie sinnlose Striche aufs Papier. Und dann begann sie Gesichter zu zeichnen – Gesichter, wie ein Kind sie zeichnen würde –, aus vier Kreisen und einer geraden Linie.

›Nun ja‹, dachte sie plötzlich, ›sich aufregen nutzt nichts.‹

Sie schrieb auf das Papier: *»Doucement, doucement.«*

Als sie den zweiten Brandy ausgetrunken hatte, war ihr völlig entfallen, daß sie vorgehabt hatte, den Abend in Montparnasse zu verbringen. Sie wollte nur noch geradeaus irgendwohin gehen.

Sie kehrte der Place St. Michel den Rücken und ging in Richtung Châtelet weiter. Dann merkte sie, daß ein Mann direkt hinter ihr herging. Er hielt mit ihr Schritt; er räusperte sich; er machte Anstalten, etwas zu sagen.

Der Mann holte sie ein, und sie gingen nebeneinander her. Sie wandte den Kopf ab und preßte die Lippen zusammen. Sie wollte zu ihm sagen: »Gehen Sie weg, Sie belästigen mich«, doch eine lächerliche Scham hielt sie davon ab.

Sie gingen nebeneinander her – angespannt, wie zwei Tiere.

Julia dachte: ›Das halte ich nicht aus. Wenn wir zum nächsten Laternenpfahl kommen, sag' ich ihm, daß er verschwinden soll.‹

Als sie bei der nächsten Laterne waren, wandte sie den Kopf zur Seite und sah ihn an. Er war jung – fast noch ein Kind – und trug eine Mütze; er war sehr blaß und hatte ganz kleine, dunkle, tiefliegende Augen. Er musterte sie kurz.

»Oh, là là«, sagte er. *»Ah, non, alors.«* Er machte kehrt und ging weg.

»Also«, sagte Julia laut, »das ist schon komisch. Diesmal geht der Spaß auf meine Kosten.«

Sie begann zu lachen, und soweit es ihr bewußt war, fühlte sie sich zunächst auch erheitert. Doch als sie ihren Weg fortsetzte, gaben plötzlich ihre Knie nach, als hätte sie einen Stoß gegen das Herz bekommen. Das Gefühl der Schwäche höhlte ihren ganzen Körper aus.

Beim Weitergehen sah sie nichts als die kleinen Augen des jungen Mannes, dessen Blick so vernichtend und unparteiisch kritisch gewesen war.

Und wieder dachte sie: ›Das war wirklich komisch. Diesmal ging der Spaß auf meine Kosten.‹

2

Die Place du Châtelet war wie ein böser Traum. Der Mond, eine bleiche Kralle, schien durch die krallenartigen Zweige toter Bäume.

Sie wandte sich nach links und kam in ein Viertel, das sie nicht kannte. ›Es muß irgendwo in der Nähe der Hallen sein‹, dachte sie. ›Natürlich, es ist hinter den Hallen.‹

Sie sah einen dünnen Mann – so dünn, daß er wie ein Skelett in Kleidern wirkte –, der in einem Hauseingang niedergesunken war. Und die Pferde standen da wie Statuen geduldigen Jammers. Sie empfand nicht das geringste Mitleid.

Wenn sie früher so etwas gesehen hatte, war es gewesen, als hätte jemand die Hand ausgestreckt und ihr Herz angerührt, doch nun spürte sie nichts. Sie fühlte sich gleichgültig und kalt, wie ein Stein.

›Ich bin zu weit gegangen‹, dachte sie. Sie setzte sich auf die Terrasse eines kleinen Cafés und bestellte sich noch einen Brandy.

Und es war komisch, so zu enden – wie die meisten vernünftigen Menschen anfangen, gleichgültig und völlig mitleidslos. Und nur zu sagen: »Das geht mich gar nichts an. Ich hab' meine eigenen Sorgen. Das geht mich überhaupt nichts an.«

Drittes Kapitel
Ende

›Das ist das Schlimmste an der Hitze‹, dachte Mr. Mackenzie. ›Offenbar treibt sie immer dieses verfluchte Pack aus seinen Löchern.‹

Er hatte gerade einen Streit gehabt mit einem schmutzigen alten Mann, der ihm direkt vor seiner Nase unbedingt etwas auf der Mandoline vorspielen wollte; und der Kellner, den er zur Unterstützung herbeigerufen hatte, schien nicht im mindesten Lust zu haben, etwas dagegen zu unternehmen. Doch Mr. Mackenzie hatte sich mit demonstrativer Entschlossenheit durchgesetzt. Der schmutzige Alte mit seinen schiefen Absätzen schlurfte niedergeschlagen davon.

Es war ein kleines Café in der Rue Dauphine. Er war hier noch nie gewesen und würde höchstwahrscheinlich auch nie wieder hierherkommen. Doch er hatte sich müde gefühlt und gedacht, etwas Kühles zu trinken würde ihm guttun. Er nippte ab und zu an seinem Glas, streckte die Beine aus, und ein Gefühl von Erholung begann sich angenehm bemerkbar zu machen.

Er ließ den Blick schweifen. Der Mandolinespieler war verschwunden, doch Julia Martin kam auf ihn zu.

Instinktiv wollte Mr. Mackenzie mit der Hand sein Gesicht verbergen, doch er beherrschte sich. Es war zu spät; sie hatte ihn gesehen. Als ihre Blicke sich trafen, sah sie weg. Sie ging im Abstand von einem Meter an ihm vorbei und sah immer noch weg.

›Nun denn‹, dachte Mr. Mackenzie. Sein Gesicht nahm einen verblüfften Ausdruck an. Dann dachte er plötzlich: ›Du lieber Gott, wozu soll man auch so nachtragend sein?‹

Sie ging langsam weiter, ziellos, mit gesenktem Kopf.

Seine romantische Seite behauptete sich schließlich. Er stand auf und ging Julia nach. Sie stand am Rand des

Gehsteigs und wartete darauf, die Straße überqueren zu können. Er berührte ihren Arm.

»Hallo, Julia.«

»Hallo«, sagte sie und wandte sich um.

»Nun, wie geht's, wie steht's?«

»Ganz gut«, sagte sie.

Mr. Mackenzie lächelte und zeigte alle seine Zähne. Einen Augenblick war er unschlüssig. Dann sagte er: »Komm, wir wollen was trinken.«

»Einverstanden«, sagte sie.

Sie setzten sich – diesmal im Innern des kleinen Cafés.

›Ich bin gar kein so mieser Kerl‹, dachte er. ›Wer behauptet, daß ich ein mieser Kerl sei? Ich wünschte, all die Schweinehunde, die mich dafür halten, könnten mich jetzt sehen. Wie viele von ihnen würden eine Frau, die sie in aller Öffentlichkeit geohrfeigt hat, zu einem Drink einladen?‹

»Ich hätte gern einen Pernod«, sagte Julia.

Sie trank, dann räusperte sie sich. »Ich wohne wieder in diesem Hotel. Weißt du – dem am Quai des Grands Augustins.«

»Ach ja?« Er hatte keine Ahnung, wovon sie sprach. »Ist das Hotel in Ordnung?«

»Es ist nicht schlecht. Es ist nur, daß eine Frau über mir wohnt, bei der ich den *cafard* kriege – die mich deprimiert, weißt du.«

»Wie unangenehm für dich«, sagte Mr. Mackenzie.

Sie wirkte ungepflegt. In ihren Augenwinkeln saßen schwarze Flecken. ›Frauen kommen so schnell auf den Hund‹, dachte Mr. Mackenzie. Ein melancholisches Gefühl überkam ihn.

Er sagte: »Es wird allmählich ganz schön heiß. Du solltest zur Abwechslung mal wegfahren. Ich fahre morgen.«

Sie gab keine Antwort, doch sie trank ihren Pernod rasch aus.

»Leihst du mir hundert Francs?« sagte sie. »Bitte.«

Mr. Mackenzie war entsetzt. Er wurde rot. Er sagte: »Du liebe Güte, ja.«

Er zog zwei Zehnfrancscheine aus einem Bündel Wechselgeld und schob ihr den Rest zu. »Nimm das«, sagte er. »Es ist etwas mehr als hundert, glaube ich.«

Julia steckte das Geld in ihre Tasche, ohne es zu zählen.

Mr. Mackenzie wurde nervös. »Ich fürchte, ich muß jetzt aufbrechen. Willst du noch was trinken, bevor ich gehe?«

»Ja, noch einen Pernod bitte«, sagte sie. Und dann: »Adieu.«

»Auf Wiedersehen«, sagte Mr. Mackenzie.

Draußen war es frisch, und die Straße war voller grauer Schatten. In den Cafés gingen allmählich die Lichter an. Es war die Stunde zwischen Hund und Wolf, wie man zu sagen pflegt.

Das Buch

»Es ging mir gut, bis ich dieses Schwein Mackenzie traf. Vorher war ich mir ziemlich sicher, daß bei mir alles wieder ins Lot kommen würde, aber danach habe ich nicht mehr an mich geglaubt. Ich wollte nur weglaufen und mich verkriechen. Vielleicht bin ich müde geworden; vielleicht wäre ich so oder so vor die Hunde gegangen.« Paris, Ende der zwanziger Jahre. Julia landet nach einer gescheiterten Ehe eher zufällig bei Mr. Mackenzie, läßt sich von ihm aushalten und, als er ihrer überdrüssig wird, mit der Aussicht auf ein paar Schecks verabschieden. Als auch die eines Tages ausbleiben, gelingt ihr eine letzte Geste der Auflehnung. »Es sind weibliche Erfahrungen des Ausgenutzt- und Weggeworfenwerdens, die Jean Rhys beschreibt; das macht ihre Romane so beklemmend aktuell und zugleich zeitlos. Sie spricht von weiblichen Erfahrungen, die immer gegeben waren und sind.« (Sulamith Sparre)

Die Autorin

Jean Rhys, eigentlich Ella Gwendolyn Rees Williams, wurde am 24. August 1890 oder 1894 auf der westindischen Insel Dominica geboren und ging mit 16 nach dem Tod ihres Vaters nach England. Dort schlug sie sich als Theaterstatistin, Modell und Tänzerin durch. Sie begann 1923 zu schreiben und veröffentlichte bis 1939 außer dem vorliegenden noch drei weitere Romane (›Quartett‹, ›Guten Morgen, Mitternacht‹, ›Irrfahrt im Dunkel‹) sowie Erzählungen. Dann geriet sie lange Zeit in Vergessenheit. Erst in den sechziger Jahren wurde ihr Werk wiederentdeckt, als ihr Roman ›Sargassomeer‹ erschien. Jean Rhys lebte seit 1960 mit ihrem dritten Ehemann in Devonshire, wo sie am 14. Mai 1979 starb.